寝ても覚めても国鉄マン

妻が語る、夫と転勤家族の20年

石井妙子
Ishii Taeko

交通新聞社新書 093

はじめに

この本は国鉄がJRになる前の約20年間、国鉄職員（文中・石野浩介）の夫と、転勤による引っ越しを繰り返しながら3人の子どもを育てた妻（文中・多恵）の物語です。この20年は今にして思えば、国鉄の技術革新と大きな組織を変えるための「生みの苦しみ」の時期だったのでしょう。転勤する先々で家庭のことを忘れたかのように仕事に没頭していた夫と、子どもの成長に振り回されながらよい母親でありたいと奮闘した、そのドタバタぶりを書きました。鉄道の仕事について何も知らないまま結婚した私は夫の仕事がどんなものかを理解してはいなかったのですが、若さと無鉄砲で乗り越えてきたのかもしれません。

いざなぎ景気といわれた昭和40年代前半、世の中は高度経済成長のただ中にありました。東海道新幹線が開通して多くの企業が設備投資を行い、財務管理は電子計算機（コンピューター）が行うようになっていました。それは国鉄も例外ではなく、技術開発の流れとなり大きく発展していった時代でした。

技術系の夫は運転局という部署の職員で、在職中のほとんどを輸送の仕事に関わっています。鉄道の仕事はいうまでもなく年中無休で、規則正しく列車を走らせ、最大の課題である乗客の安全を保証しなければなりません。組織の中でそのような仕事を経ていくにしたがい責任も大きくなるわけですから、彼は仕事とプライベートの区別もなく、気分の切り替えもできない状態で働いていたことでしょう。

最初に転勤した高松機関区では、昔の国鉄がそのまま残っていて蒸気機関車が走っていました。在職したのは1年間ですが、強烈な新婚生活の第一歩で、今ではとても貴重な経験をしたと思っています。第2章は現在のシステム化された鉄道に変えるために苦悩する技術者集団を、家庭にいて感じたままを記しました。「夜が明けようとして」なおまだ暗いコンピューターの黎明期、その中の一人である夫の様子です。

国鉄本社と地方の鉄道管理局を数年おきに異動し、長くて4年、短いときは1年で引っ越しました。第5章、博多総合車両基地に異動になったのは、東海道・山陽新幹線の終点が博多まで延びた1年後のことです。たくさんの国鉄職員が基地周辺に住むことになり生活用水の確保もできていない状態で、当時の苦労は大変なものでした。第6章では鉄道の近代化を担って、一人では足りないほどの仕事を抱えていた研究所の上司、米倉さん（仮名）のことを書きました。在職中に亡くなり、思い出すと今でも涙がこぼれます。

夫はJRを退職してから数年は、鉄道輸送以外の仕事をしています。家に帰ってきても国鉄時代と同じように会話もなく、休日はソファに座ったままか、あるいはパソコンに向かっていて、仕事関係のお付き合い以外は無関心のように見えました。この状態は私にとっては辛いもので、その軋轢もあって、これまでの生活を振り返り私自身がどう対処してきたのか、子どもの成長に合わせて思い出したことを文章にして自分の気持ちを整理したのです。彼がどのような仕事をしていたのかを知るため、家にある鉄道の本を読みました。専門的な本を自分なりに読んでいく中で興味が湧き、小さな子どもにも分かるように書いたのがきっかけとなり、平成18（2006）年の12月に岩波出版サービスセンターから自費出版をしたのです。国鉄がＪＲになってから19年後のことでした。鉄道の技術的な仕組みについては、夫を通じて上司の方や副技師長さんが「よく勉強してあり感心した」と伝えてくださいました。

時を経て、夫は長い緊張状態からようやく解放されたのか、たまには連れだって散歩をするようになりました。近所の大学構内を歩いているとき、守衛さんに「お似合いのご夫婦ですね」といわれて大笑いをしたことがあります。いつの間にか似た者夫婦になっていたのでした。

このたび、新書として出版されることになりましたが、第1～8章は当時の文章を生かして、本文に出てくる数字は漢数字をそのまま使いました。また、このころ描いたスケッチや子どもたちが小学生のときに描いた絵を挿絵として入れています。

新たに加わった第9章では、3人の息子たちが子ども時代の出来事や両親の思い出を書きました。第10章は、夫が自分の仕事の内容を書いています。ときが過ぎ去り、穏やかな気持ちで振り返ることができたのでしょうか。

社会人になった息子たちが父親と同じように一生懸命働いているのを見ると、父親の背中を見て育つというのが本当だったのかと複雑な思いで見ています。

あの時代の雰囲気や国鉄職員の働きぶりなど、ひたむきで温かいものがあった当時を懐かしく思い出していただければ幸いです。

寝ても覚めても国鉄マン——目次

第1章　宇高連絡船で瀬戸内海を渡る

――昭和42（1967）年　高松編

石野多恵《いしのたえ》は、長男となる優《ゆう》を四国高松で産んだ。多恵が高松の出身だったわけではない。五カ月ほど前に夫の浩介《こうすけ》がこの地に転勤になったので、お腹の中にいた優と一緒に引っ越してきて、高松が息子の出生地になったのである。浩介は国鉄職員で転勤が多い。異動の命令が出ると職場で引き継ぎをしたあと、すぐに新しい勤務地に向かい、家族は引っ越しの準備をして先方の宿舎が空いてから呼ばれるのを待つのだ。準備といっても、このとき二人は新婚だったから、必要最低限の家具しかなくて、いつでも引っ越しが可能だった。

いよいよ転勤先の宿舎が決まり、多恵は迎えにきた夫と一緒に、東京駅から終点の新大阪まで新幹線で出発した。

東京オリンピックとともに運行が始まった新幹線は海外からの評価も高く、昭和四十二（一九六七）年三月には東京駅の十六番ホームが完成して、ひかり号・こだま号の発着が分離可能になり、乗客は増え続けている。

二人は新大阪から乗り換えて岡山の宇野に行き、さらに宇高連絡船に乗った。

三千トンあまりの讃岐丸は穏やかな瀬戸内海を一時間ほど航海して、香川県の高松港に着いた。

接岸した港の桟橋は大勢の人で賑わっている。船の甲板からその様子を見ていた多恵は、宇野行きの乗客が待っているのだろうと思っていた。

ところが船を下りると、その人たちが左右に分かれて通り道を空け、旧知の間柄のように挨拶をしてくれたのである。

「こんにちは」

「海を渡って、ようおいでました」

人波にもまれ、とまどいながら挨拶をして通り過ぎた多恵は、ようやく夫の職場の人たちが出迎えてくれたのに気がついたのだった。

二人は共に東京育ちである。結婚して一年目に浩介が四国の高松機関区長で赴任することになり、転勤生活の第一歩が始まった。

機関区は列車を動かす現場の人たちの職場で、車両の整備を行うため大きな車庫があり、助役さんは十三人もいる。

これから住むことになっている国鉄宿舎は町から離れた瀬戸の浜近くに建っていて、蒸気機関車やディーゼル機関車が止めてある高松駅構内操車場の線路際にあった。

多恵が木造二軒長屋の宿舎に着くと、すでに助役夫人たちが引っ越しの手伝いに来ていた。手際よく段ボール箱を開けて家財道具を取り出し、品定めをしながら所定の場所に収めている最中である。

一通り片づけ終わり大勢の手伝いの人が去ったあと、多恵は長旅とカルチャーショックで神経が高ぶり寝込んでしまった。これは大変なところに来たと思ったのだ。

機関区は昼も夜も蒸気機関車やディーゼル機関車が動いている。ポイントを動かすたびに線路際の家は地震のように揺れ、早朝四時ごろには鋭い汽笛が響き渡って、十二、三軒並んだ職員宿舎の眠りを遠慮なく覚ましていく。爆音と地響きはすさまじくて、いつも地震と雷の中にいるような環境であった。蒸気機関車が動くたびに煙突からは煤煙《ばいえん》が降り注ぎ、洗濯物は真っ黒になる。数は少なくなっていたものの、蒸気機関車がまだ現役で動いていることに、多恵は驚いたのだった。

機関区長、保線区長、信号区長など現場長と助役は、列車事故や災害があればすぐに駆けつけられるように、義務官舎と呼ばれるこの二軒長屋の宿舎に住んでいる。

安全と列車ダイヤを守るために、車両と隣り合わせの敷地で暮らしているのだ。まったく何も知らないで東京からついてきた多恵は、文字通り驚天動地の思いがした。それでも東京へ帰ろうとはせず、高松の病院で優を産もうと決めたのだ。

土讃線の多度津から阿波池田間はディーゼル機関車が走り自動信号化されて、この年の三月一日からはCTC（列車集中制御装置）の使用が始まっている。CTCとは列車の運転情報を一カ所にまとめて表示し、進路を直接制御できるようになっているシステムのことだ。列車進行に合わせて行われる業務が一カ所に集められるため、指令員は的確な情報を早く伝達することができるようになったのだ。他にも阿波池田から高知までのCTC、予讃線の複線化などが次々に予定され、近代化が進められていた。

浩介が高松に転勤したときは、四国のディーゼル化を推進して、今までの輸送手段が新しい技術と交代する時期と重なっていた。

新旧の技術が入り混じって混沌としたところでの平穏はあり得ない。労働組合側は各種の機器設備が列車本数を増やし、乗務員の作業と取り扱いを繁雑化して、労働強化につながると主張していた。

そうした中で、春闘はストライキに突入したのである。

各地の労働組合の運動家が高松に集まり、ストライキの拠点となった。

現場長は現場の職員が定年間際に就くポストであるが、何年かごとに本社から若い現場長が任命されてやってくる。浩介のように本社から来た若い現場長は労働組合の標的となり、厳しい団体交渉の矢面に立たされる。

その過激さにおいて「鬼の動労」の異名で知られている動力車労働組合は、蒸気機関車や気動車乗務員の全国組織である。かつて「鬼の動労」にいたぶられて泣き出した若い機関区長がいたというほど、手ごわい組織なのだ。

「蒸気機関車を動かしている機関士だからね、プライドが高いんだよ」

二、三日帰れないかもしれないが心配はないからといって、浩介は職場へ出かけて行った。

国鉄宿舎には壁に取りつけた送話機に向かって話す、古めかしい鉄道電話があった。ストライキの直前、ベルが鳴って多恵が受話器を取った。

「旦那はおるか」

「おりませんが」

「おるだろう、電話口に出せ」

「いませんよ」

電話はそのまま切れたが、労使交渉の知識もない多恵は、脅されているのか嫌がらせをされたのか分からず、変な国鉄職員がいるものだと思っただけであった。

ストライキに突入した日から浩介は夜になっても帰らず、庶務課の人が助役夫人と一緒に浩介の着替えを取りに来た。

「区長は元気でやっていますよ」

「奥さん、機関区長は三国一の婿さんですよ、ああいう人は鉦《かね》や太鼓で探しても見つかりまっせん」

「そうですか、感謝しなければいけませんね」

一人で宿舎にいる多恵を安心させようとして、助役夫人は世間話をして帰って行った。

ストライキが終結して三日目に夫が帰ってきたとき、ズボンのベルトが男性とは思えないほど細く締まり、そのやつれように多恵は驚いて声も出なかった。

「三日間、パンと牛乳しか食っていない、吊るし上げとはよくいったものだ」

ストライキでは、現場の管理職を部屋に閉じ込め軟禁状態にする。される側は多数を相手に眠ることもできない。

現場を知らない現場長では、労働争議のときなどは憎しみの対象でしかないのだろうか。

それでも浩介はストライキが終結するといつもと同じように、何事もなかったような感じで出勤して行った。

古めかしい木造の宿舎は、間仕切りの襖を全部取り払うと三十人ほどが集まれる座敷になって、宴会などに都合のよい造りになっている。そのためかここはプライバシーがなく、多恵の知らない人も自由に出入りしていた。

小柄な老人が風呂釜の修理や草むしりをしていることがあった。寡黙でいつの間にか来ているので、多恵は何度も驚かされた。

「あの人は誰ですか」

「退職した岩村さんだ、来たらビールか酒を出してあげてくれ」

「昼間なのにお酒ですか？」

「隠居さんだからね」

木造の宿舎はどこかしら傷んでいる。外塀は板がはがれ、どこからでも出入り自由だし、風呂場は戸がゆがんで開けるのに一苦労する代物だ。風呂の燃料はオガライトといって、おがくずを固めたもので、竹輪の大きいような形をしている。ガス風呂が出回り始めた都会と違って、常に燃料の備蓄をしておかなければならなかった。岩村さんのような人がいてくれるおかげで、多恵は心強い味方ができて助かったのだ。

岩村さんが草むしりにやってきたとき、多恵は縁側にビールとつまみを出しておいた。彼は縁側に座って蒸気機関車を眺めている。

「岩村さんは蒸気機関車の機関士だったの？」

「いや、わしは缶焚《かまた》きやった」

「そうですか、石炭くべるのは大変でしょう？」

「そうだね、缶焚きも大変だが、缶掃除も頭からすすをかぶってそりゃあ大変だわ、ジョーキは機械の中では一番生き物に近いでね、上り坂ではせっせと石炭食わせにゃならん、鉄の塊なのに人間の気持ちがよく伝わる相手なんだ、どのジョーキも皆、性格が違う」

　めったに走らなくなったジョーキが懐かしくなると、彼はここにやってくる。


　長男の優はこうした環境で生まれ、お食い初めのお祝いのときは座敷に入りきれないほどの人が集まり、宴会をした。助役さんに促されて、出世魚といわれるスズキを箸でつまみ優の口に運ぶ仕草をしたあと、多恵はそれを自分の口に入れて食べた。

　乳児がいる官舎は珍しいのか、近くの奥さんたちも入れ替わりやってきて、

「ソーメンを細かくして食べさせると離乳食になりますよ、うまくすすれたら将来大物と、この辺ではいわれています」

「頭がいびつになりそうだったら、お父さんのパンツのようなものを枕にすると直ります」

高松の言葉はのんびりとして、優しく響いた。

水不足の暑い夏が来て、岩村さんは姿を見せなくなり、庭は雑草だらけになった。大きく伸びたひまわりが枯れて種をつけている。保線区長の奥さんが生け花に使うからと、友達と一緒にやってきて、たくさんのひまわりを持って帰った。


瀬戸内海は夕方になると、海からの風もぴたりと止んで夕凪になる。暑い夏の日、多恵は優を乳母車に乗せ、買い物に出かけた。商店街の近くまで来ると、親切に引っ越しの手伝いをしてくれた助役夫人の佐野さんに出会った。

「あの節はいろいろお世話になり、ありがとうございました」

多恵は挨拶をしたが佐野さんは口もきかず、顔を背けて連れの人に何かいいながら足早に離れて行った。思い当たることはなかったが、自分の知らないさまざまなしきたりなどがあって失礼なことをしたのかもしれないと思って、職場から帰ってきた夫に聞いてみると、

「人事のことで不満なんだろう、気にしないでいいよ」

といった。

助役夫人は多恵から見れば親子ほど年の違う人である。年齢から考えても本当は引っ越しの手

伝いなどしたくはないだろうに、面倒なことでも我慢するのは夫の昇進を願ってのことなのだ。

人事に関与できる現場長とその家族へさまざまなサービスをして、その結果よいポストに就いておけば、退職金から年金まで影響するのである。佐野さんは次の人事異動までには退職するのだから、もういやなことはしないと決めたのかもしれなかった。

多恵は少しばかり不愉快な思いをしたが、助役夫人だって夫の仕事に巻き込まれて、辛い経験をしたことは数え切れないほどあるだろう。理不尽なことが多くても、夫の立場を考えて、長い間我慢をして生きてきた人なのだ。

多恵のように、男女同権といわれて育った人間にはできそうにないことだった。

高松に来て一年が経った昭和四十三（一九六八）年、本社の事務管理統計部がコンピューター部に改称されて、浩介にコンピューター部への異動が命ぜられた。

東京へ帰る日の高松港に、一年前着いたときと同じように大勢の人が集まっていた。船のデッキに上がると、手すりに一抱えほどもある紙テープの束が二つ結びつけられている。

「奥様はここ、区長はこっち」

庶務課の須藤さんがテープの束を手に取るようにいった。彼は優を抱っこして対岸の岡山まで一緒に行ってくれるという。

ドラが鳴り響き、船が動き始めた。見送りの桟橋にいる大勢の人たちに一本ずつ手渡されたテープが、船が動くにつれて張り詰めたとき、船上の多恵の両腕には強い力がかかり、体ごと引っ張られるのではないかと思うほどの衝撃があった。

テープの引き合う感触があっという間に消えて、切れたテープの先端が青空にひらひらとなびいている。

浩介は密度の濃い一年を振り返っているのか、船の甲板からはるか下に見える桟橋の人たちに、大きく手を振っていた。

船の別れは感傷的だ。高松での出来事が多恵の脳裏をかけめぐり、ここで過ごした一年が遠い昔のことのように思われた。見送りの人たちが小さくなって、やがて穏やかな海と空の境目が一本の線になり、港は見えなくなった。

貝（多恵）

第2章　システム開発で泣いた？

——昭和43（1968）年　大森編

東京に引っ越して大森に住むことになった。八十世帯くらいが入居している1LDKの国鉄アパートは、やはり線路際に建っている。電車の音は聞こえるものの、砂場やブランコ、シーソーが備えつけられた遊び場があって、小さい子どもの声などが聞こえ、若い人たちが住んでいる雰囲気があった。

一年ぶりの東京で多恵は昔の友人と連絡を取り合い、お付き合いを再開した。

同年輩の友人は気兼ねなくおしゃべりができるけれど、そのうちに国鉄職員との所得格差に気がついた。銀行員や建設会社、商社マン夫人の友人たちは、レストランや上等なお寿司屋さんで食事をすることに何のためらいもない。

たまに外食することはあっても財布と相談しなければならない多恵は、だんだん気が重くなってきた。

結婚する前、浩介の上司の米倉さんに、

「国鉄の給料は安いが、年金のことなど考えると全体ではそんなに変わらないよ」

といわれたことを思い出した。夫のお給料がいくらで、どの程度の生活ができるのか考えたこともなかったが、友人との違いがあまりにも大きくて安月給の悲哀を感じている。

話は少しさかのぼるが、多恵は独身時代、日本橋にある証券会社の医務室に勤めていた。東京オリンピックが終わり、新幹線が経済の発展に大いに貢献して、電子計算機が企業の事務管理をするようになった時代だ。

アメリカ企業からのレンタルであった電子計算機は、室温を十八度に保った部屋に置かれていて、オペレーターは登山用のジャケットを着込んで働いている。寒い室内と外の温度差に体調を崩す社員が多く、天井の低い空調管理されたところで仕事をしているキーパンチャーの女性たちも、肩こりや腕の疼痛を訴えて、医者から頚腕《けいわん》症候群という病名で治療を受けたりしていた。そうした事情があったので、会社は隅田川沿いの電算機センターにも医務室をつくって、多恵はそこへ一週間のうち何回か勤務することになっていた。

「屋上に行ったきり、二時間も帰ってこないのですよ」

ある日、事務管理部の若い男性が医務室に入ってきて困り果てたようにいった。屋上に上がってみると女性事務員の今井さんが手すりを両手で握り締め、顔を伏せている。多恵は少し離れて同じように並んで立ち、声をかけた。

「秋の空ですね、夕焼けがきれいだわ」

今井さんはゆっくり顔を上げて遠くの空を見た。隅田川に沿った街はゆったりとした空が続き、夕日が落ちかけて赤い雲が浮かんでいる。

「ビルの中にいると、夕焼けになっても雨が降っても気がつかないし、屋上に出るとほっとしますね」

多恵が話しかけると、彼女は疲れた顔で振り向いた。

「座りましょうか」

うながされてベンチの隣に座った今井さんは、逆に多恵のことを気遣っていった。

「戻らなくてもいいんですか」

「いいんですよ、医務室の鍵は閉めてありますから」

夕日が沈んで永代橋には電灯が点った。美しい風景に見とれて、話すこともないまま時間が流れた。

気がつくと今井さんは涙を流し、肩を震わせている。多恵が背中に手を当てると堰を切ったように声を上げて泣いた。退社時刻が過ぎても、二人はずっと隅田川の夜景を見ていた。

この屋上の出来事から数日後、別館医務室にJ大学病院の南教授が出勤して、今井さんは診察を受けた。専門医を受診するように教授が説明すると、彼女は素直に聞き入れて落ち着いた態度で戻って行った。

キーパンチャーは四十五分働いて、十五分の休みを取る勤務体制になっている。休憩室にはＢＧＭが流れ、柔らかいソファや観葉植物が置かれて気分転換を図れるようになっているが、十五分の休憩時間にここを使う社員は少なかった。トイレタイムやお茶を入れているうちに時間が過ぎてしまうのだ。文明の利器が開発されて仕事が細分化されるようになると、一人の不注意は重大な過失を招くことにもなって、それが大きなストレスになっている。精神的にバランスを崩す社員も増えた。

「へえ、霧が喘息の原因になるの？」

と不思議がられ、環境汚染の始まりに多くの人がまだ関心がなかったころである。

「自然の中に身を置くのが一番自分に戻れるのよ、そうした時間を作らなければ具合が悪くなってしまうわ」

多恵は常々そういって、自分自身はスキーやハイキングによく出かけていた。

街路樹が落葉して歩道に溜まり始めたころ、社員合同のハイキングが企画された。社外の人も参加できたので、学生時代の友人や家族連れの人も集まった。そのときに浩介と多恵は出会ったのである。

アウトドアの好きな人の集まりであったから細かい打ち合わせもなく、前日の深夜、大宮駅に集合して、信越本線の松井田駅に着いたのはまだ夜明け前だった。満天の星と冷たい空気の中に降り立って山頂目指して歩き始めたが、辺りは真っ暗でお互いの顔もよく見えない。他に歩いているグループは見当たらず、皆黙々と歩いた。

「あれ、バスが走って行くよ」

誰かの叫び声に振り返ると、後ろから登山口に向かうバスが追い抜いて行った。明るい車内は満員の登山客で楽しげに笑っている顔も見える。夜行列車でよく眠れなかったためか、足取りも重くなっていた一行の中から、

「やれやれ、バスが走っている道とは知らなかった」

「これから鍛えるつもりはないよ」

不満を漏らす者も出てきてますます沈滞した空気が伝わり、背中のリュックサックは重くなる一方だ。行けども行けども登山口には着かない。

突然、そんな雰囲気を吹き飛ばすように先頭のほうから歌声が聞こえ、声はだんだん大きくなり合唱が始まった。歌は小学唱歌で、歩きながら歌うにはちょうどよい曲ばかりだった。全員が一緒になって声を張り上げているうちに親近感が増して疲れも吹き飛んだ。空が明るくなるにしたがい、真っ赤に染まった紅葉の山が見え始めると誰もが歓声を上げた。浩介と多恵はその後何

回かスキーやハイキングに行くうちに、結婚を決めたのだ。

高松に行く前の浩介は、鉄道技術研究所の自動制御研究室に勤務していた。そこの上司である米倉さんのアパートへ、婚約者の多恵を紹介するために連れて行き、そのとき「国鉄職員は安月給だけれど、年金などを考えると民間のサラリーマンとそんなに変わらない」という話を聞いたのである。

「どんなに難しい課題でも、あの人のところへ持っていけばなんとか解決してくれるのさ」

米倉さんはフルブライトの留学制度でアメリカに渡り、勉強してきた秀才である。夫人もその当時アメリカに留学していて、当地の教会で結婚式を挙げた。

「運転性能曲線自動化」の研究をしている人だと聞いていたが、多恵には難しくて何のことか分からない。

「列車ダイヤの元になるデータを、コンピューターで作ろうとしているんだ」

と浩介がいった。列車運行表を作るためには、駅と駅の間を電車が何分で走るか細かく調べる必要がある。浩介はその研究の一端として、線路のカーブや勾配の状況を入力するプログラムを作っていた。

米倉さんは研究所に採用された職員であるが、本社に入った浩介はこの研究をずっと続けるとは限らない。転勤があれば、他の人と交代することになる。

初対面の挨拶が済むと、すぐに打ち解けて話が弾んだ。気取らずに対応してくれる米倉さんに研究者の気難しい雰囲気はなかった。

「教会の結婚式では、神父さんにキスをするようにいわれたが、それだけは勘弁してくれといったんだ」

米倉さんは大笑いをしながら多恵に同意を求めるように、

「ねえ、人前でさ」

といった。

「幼稚園生みたいなたどたどしい英語でアメリカの学生にはバカにされたけれど、数学の難しい式を解くときはおれが一番早くて誰にも負けなかったなあ、そのときだけ見直されたよ」

当時を懐かしむように、ときおり遠くを見るような表情で話した。

「食事はいかがでしたか」

「うーん、やっぱり肉が多いね、量も多いから一人前はとても食べきれないな」

「あちらの人はスタミナがあって元気だわねえ、ダンスパーティーで明け方まで踊っても、朝はけろっとして仕事をしているの、驚きますよ」

「医療の水準はやはり高いですか？」

「高度ですよ、ナースも日本とはぜんぜん違って権威がある、日本の医者と同じくらいのことをまかされていますからね」

アメリカの生活はとても快適だった、と夫人はいった。

「国鉄のアパートみたいな建物が並んでいるので、あれは何かと聞いたらスラムだというのさ、ここよりよほどきれいなんだ、我々はスラム以下のところに住んでいるんだな」

「アメリカは果物も安いし、そうそう、グレープフルーツには真っ赤な果肉のものがあるんですよ」

日本にグレープフルーツが輸入されてからまだ日が浅く、デパートでは一つ三百円ほどもする高級品である。

一ドル三六〇円の貧しい日本から貨物船に乗って海を渡り、アメリカで勉強してきた米倉さん夫妻の話は、テレビで見る海外のドラマのようでもあり話は尽きなかった。

高松転勤前の話はまだ続くが、結婚式を挙げてから三鷹に引っ越しをして、浩介は中央線で鉄道技術研究所（技研）へ通勤し、多恵は同じく中央線で反対方向の東京駅へ向かう、夫婦共働きの生活が始まった。多恵はこのとき、職場を退職して嘱託という身分になっている。

「筋を通すために一度退職してください」

と証券会社の厚生課長がいった。結婚した女性社員は、退職を勧告されて辞めることになっている。多恵の場合、仕事は続けて欲しいが、身分が違ってしまったからいったん退職する形を取らされたのだ。

退職金の計算で会社の負担を減らすためで、栄養士や医務室の仲間は、

「会社と断固戦いましょう」

といったが、多恵は転勤族の夫と別居するほどの覚悟はできていなかった。

狭いアパートで新婚生活を始めたものの、夫は毎日夜遅くまで仕事で深夜の帰宅が続いた。多恵は六月のある土曜日に技研を訪ねてみようと思い立ち、夕食のお弁当を作って電車に乗った。

三鷹から五つ目の国立《くにたち》の駅で降り、研究所の門で守衛さんに来意を告げると浩介のいる自動制御研究室の場所を教えてくれた。古い学校のような木造の廊下を通って静かな部屋を覗いてみると、大きな電子計算機の間から、

「おーい、こっち、こっち」

と声がして浩介が顔を出した。床には大量の紙が積み上げてある。米倉さんが出てきていった。

「奥さん、ごめん、早く帰してあげられなくて」

二人ともワイシャツの袖を捲《まく》り上げて、仕事から手が離せないようだった。五分くらいドアのところで立ち話をしたが、覗き込んだ部屋の中は、世界に誇る国鉄の研究者や技術者が働く場所にしては粗末で殺風景なものだった。夫の職場がどんなものかと思って来てはみたが、多恵は誰にも相手にされず、場違いのところに来てしまったと後悔した。夕食の弁当を手渡し、帰りの電車の中で何度もため息をついた。

九月に入り、まだ日中の暑さが残っている夜半に電話が鳴った。多恵が受話器を取ると、

「胃の手術をすることになったからしばらく休みます、よろしく」

という米倉さんからの電話だった。

「よかったですね、悪いところは切ってしまったほうが早いし、すぐお元気になられますよ」

多恵がいうと、

「えー、胃を切られるんだよ、夜も眠れないほど心配なのにさ、女の人はやっぱりねえ、うちのワイフも薬なんか飲んだって治らないわよっていうんだよ、そんなこといわれちゃ、薬だって効かないよオ」

毎日忙し過ぎる米倉さんは、長いこと胃の具合が悪くて病院へ通っている。ストレスが高じて、薬を飲んでも痛みが止まらないのだと米倉夫人がいっていた。

「眠っている間に手術は終わりますよ」

多恵は同情しながらも、米倉さんの話し方がおかしくて笑いそうになった。お風呂から出てきた浩介は電話を代わり、しばらく難しい仕事の話をしていた。


数日後、米倉さんの手術が無事終わったと聞いて、二人はお見舞いに出かけた。新宿駅の花屋さんで花束を作ってもらい、ついでに赤いほおずきも買った。

病室では、ベッドに座って米倉さんが奥さんと話をしている。

「お休みになっている間、指の運動になるかもしれませんから」

多恵が茶目っ気を出して、ほおずきを渡すと、

「病院って、患者を子ども扱いにするところなんだよね」

退屈したようなため息をついて、米倉さんはいった。

赤いほおずきは柔らかくなるまで指で揉み、中の種がほぐれたころ静かに芯を引き出すと、きれいに穴が開いて、口に含んで音を鳴らすことができる。

長い間、根を詰めて仕事をして、無機質な研究室で頭だけ働かせていてはバランスが取れないと思っていた多恵は、せめて入院中はのんびりしてください、とのメッセージを込めたのだった。ところが浩介の考えは少し違う。のんびり休んでくださいというのはとんでもない、

「早く職場に出てきてください、待っていますよ」

というのが常識なんだといった。

証券会社の社員も株価の変動でストレスにさらされている。「ウォール街の胃」という言葉は、ニューヨークの証券取引所がある街の名前をつけて、証券マンがストレスによって胃潰瘍になることをいったものだ。医務室にはそんな社員が大勢来るが、ここでは肩の力を抜き、プライベートな話をしたり、冗談をいって帰って行く人が多い。

多恵が婚約していたとき、医務室に来た社員に、新井医師が話しかけた。

「彼女、おめでたでサンインなんですよ」

話しかけられた社員は驚いた顔をして、

「へえ、とてもそのようには見えませんね」

多恵のことをまじまじと見て、聞いてはいけないことを聞いたような、複雑な表情をした。医務室の人たちは顔を見合わせたあと、お互いに噴き出していつまでも笑い続けた。

新井医師は結婚を「おめでた」と表現して、新婚旅行が「山陰」地方だといったのである。

「ああ、そうか、新婚旅行で山陰に行くわけですね、おめでたというものだから僕は〝産院〟と間違えて、妊婦さんだと思った」

結婚した女性は仕事を辞めるという思い込みがあったから、その後嘱託になってからも多恵はずっと独身と思われていた。

年が明けて、「おめでた山陰」の多恵は本物の妊婦になった。産休を取る準備を進めていたが、浩介の転勤が決まったので会社を辞めて高松へ引っ越したのだ。それから長男の優が生まれて三人になった家族は、再び東京、大森へ戻ってきたわけである。


浩介が所属している運転局は鉄道の輸送に関わる仕事をしているところで、いわば国鉄の生産部門にあたり、主に理学、工学部出身者が配属された技術者の集団である。今度配属になったコンピューター部は、運転局、電気局などの職員が集まってできた混成部隊で、近代化を目指す最前線にあった。それぞれがプロジェクトチームを作って、電算化できる業務を次々に開発している部署である。運転局のプロジェクトにはメーカーの人たちも加わり、本社側の要請で技研の米倉さんがチームリーダーで来ていた。

「あら、今度も米倉さんとご一緒なの？　よかったわね」

多恵はそういったが、研究所にいたときとまったく同じように昼夜を問わず仕事が続けられて、深夜の帰宅は珍しくなかった。

浩介のプロジェクトチームは、在来線の運転計画伝達システムを作るのが仕事である。運転計画にしたがって列車ダイヤが組まれて列車が運行されるのであるが、ダイヤは日々輸送の需要に応じて変更しているのだ。修学旅行の予約があれば臨時の団体列車が走る。また、休日に走る列車、運休する列車、あるいは観光地へ向かうシーズン中の増発など、少しずつ違っているし、レールの補修や工事などによる徐行の指示もある。

鉄道管理局はこのような運転計画を現場へ文書や電話で伝えているが、これらを確実に迅速に知らせるためにシステム開発が行われることになったのだ。

コンピューターが車両や乗務員の手配まで含めて、どこに何を伝達するか判別することを想定したシステムである。

長距離列車はいくつもの鉄道管理局を超えて走っているが、人間には便利な国鉄の仕組みも、コンピューターにとっては煩雑で少々面倒な問題でもあるらしい。

「今度、家族そろって花火を見にくるようにいっていたよ」

米倉さんは、自分自身が一人っ子で子どももいなかったから人を呼ぶのが好きで、トランプのブリッジを皆に教えたり水炊きパーティーをしたりして、浩介も多恵もお宅に呼ばれることが多かった。

花火見物には同僚の人たちも何人か、米倉さんの新築した家に招かれた。多恵は二番目の子どもがもうすぐ産まれるので一緒に行かず、二歳になっていた優が浩介と二人だけで出かけた。

「きれいだね、優ちゃん、見てごらん」

花火が打ち上がるたびに、優は耳を押さえて浩介の背中に隠れてしまうので、米倉夫人が優を抱っこしてくれた。けれど優は花火の大音響にびっくりして、皆と一緒に楽しむどころではない。頭を抱えて花火に背を向けている。どうしたものかと心配していた夫人も、あきらめて優を浩介の膝の上に返した。

多恵はその話を聞いて、機関車の爆音に両手を挙げて泣き出した優の、新生児期の厳しい環境を思い出した。

この秋、次男の創《そう》が生まれた。しっかりした体格で夜泣きもしなかったが、男の子二人の育児は重労働で、多恵はいつも青白い顔で疲れているように見えた。浩介は相変わらず忙しくて日曜日は遅くまで寝ている。夫の暇なときを待っていたら、子どもはいつまで経ってもどこにも遊びに行けないのだ。

家の中で子育てにかかりっきりになっていた一年が過ぎると、少し元気になった多恵は三歳と一歳になった優と創を、動物園に連れて行くことにした。

動物園で借りたベビーバギーに創を乗せて、片手で優の手を引きながら混雑する園内を歩いた。

創は伝い歩きができるようになっていたので、おとなしくバギーに座っていられない。足を踏ん張って立ち、自分の目の届く辺りを見回している姿は、まるで船長が双眼鏡で遠くを見ているかのようだ。その上、バギーの縁に片足をかけて飛び出そうとする。

多恵は、転落しないように創の肩を引き戻して何度も押さえつけたが、元気な創は狭いバギーに乗せられて窮屈なのか、じっとしていなかった。

多恵が心配していた通り、鉄棒でぐるりと一回転するような格好で地面に落ちてしまったのだ。急いで創を抱き上げてバギーに座らせようとしたが、体をよじって逃げ回ってしまう。多恵が創を座らせるのに手間取っている間、いきなり手を振り放された優は驚いた。何が起こったのか分からず、見上げて母親の姿を探したが、一瞬にして視界から消えて辺りは見知らぬ人の顔ばかりだ。人込みの中で一人ぼっちになって、母さんが帰ってしまったと思った優は、とっさに出口のほうに向かって走った。一生懸命あとを追ったが、どこを見渡しても母さんはいない。出口の先には大きな広場があって、人間が小さく見えるだけだった。恐ろしさのあまり涙がこぼれて泣きじゃくっていると、若い女の人が近づいてきていった。

「お母さんとはぐれたの？」

うなずくと、動物園の横の交番に連れて行ってくれた。キャンディーをもらってようやく涙が止まった。大きな椅子に座っていると多恵が疲れ切った顔で創を抱きかかえて現れ、優の顔を見て涙ぐんだ。優を見失ってからやっとの思いで案内所にたどり着き、迷子の届け出をしたのだ。多恵は創をおんぶして優の手をしっかり握り締めて、電車に乗った。

「動物園はまた今度にしようね」

大森の国鉄アパートに住んでいる職員も、家族団らんなどにはほど遠い。忙しいのは他の部門の人たちも同じである。子どもが遊んでいる砂場に母親たちは家事が終わると集まってくる。結婚以来、一度も旅行をしたことがないという奥さんが、

ライオン（創）

「家族旅行を計画したのよ、でも発車時刻になっても主人が現れないの、本社に電話をしたら急な用事で休めない、勘弁してくれっていわれて、母子旅行になってしまった」

と打ち明けた。

「うちはおれのことはいないものと思ってくれ、といってるわ」

同じアパートに住んでいても、ほとんど顔を見ない男の人もいる。

「石野さんのところは優しいご主人でいいでしょ」

「うちはね、主人の悪口いいだしたら、止まらなくなっちゃうくらいあるのよ」

多恵はそういって笑った。

国鉄は地方の鉄道による赤字が拡大して、昭和四十三（一九六八）年の国鉄諮問委員会で「ローカル線の輸送をいかにするか」と、自動車輸送との比較がなされていた。徹底的な合理化を迫られて誰もが深夜の帰宅である。

多恵の高校時代の恩師である村田先生が、修学旅行の付き添いを多恵に頼みに来た。この年、昭和四十六（一九七一）年は、新幹線が修学旅行の団体を運ぶ専用列車の営業を始めている。これを利用して南紀、伊勢志摩方面に出かけるのだ。村田先生は結婚式以来、浩介との面識もあった。

「いいんじゃないの」

浩介がいったので、優と創はおばあちゃんのところに預けられることになった。村田先生は新幹線の大ファンで、自分の末っ子に「ひかり」という名前をつけたほどである。

「修学旅行も豪勢になったものだね」

と浩介は感心した。少しの間、育児から解放されたものの、大勢の高校生を預かり無事に帰宅させるために神経をすり減らした多恵は、外で働く仕事はやはり厳しいと思ったのだった。


浩介が温度計など一式をそろえて、ペットショップから赤や紫に光る熱帯魚を買ってきた。日曜日には水槽の前に座って、優雅に泳ぐ魚をじっと眺めている。

「金魚の世話をする暇があったら、子どもと遊んであげてくださいよ」

不機嫌そうな多恵の声に、顔も上げずに浩介はいった。

「魚はものをいわんからいい」

多恵も負けずにいい返した。

「あら、あなたの耳は蓋がついているでしょう」

いつも浩介は夜遅く帰ってお風呂に入るとすぐに眠ってしまうが、この日はふとんに入ってから何度も寝返りを打ち、大きく息を吐いて寝つかれない様子だった。

それが一晩中続き、暗闇の中でときおりつばを飲み込む音がする。ごくりとのどを鳴らすのは涙を飲み込んでいる音なのかと、多恵は息を潜めた。こんな状態の夫は初めてだった。

目からあふれ出る涙と違い、のどの奥を伝わって体の中に流れ込む涙は、その人にしか分からない苦い味がするのだろうか、辛い現実を体の中へ閉じ込めてストレスの源になってしまうのだろうかと、寝静まった暗闇の中で、多恵は神経を張り詰めて過ごした。

仕事のことで夜も眠れぬほど悩み、辛いことがあったとしても、浩介は仕事のことはいっさい何も話さず、人の悪口をいわず愚痴もこぼさない。

思っていることを心の中に留めておくことが苦手な多恵も、さすがにこのことは聞き出せずに胸の奥底にしまっておいた。多恵には、本当に辛いことは自分の力で乗り越えなければならないと分かっていたからだ。日常の忙しさにかまけて、夫が涙を飲み込んでいたのかどうか聞くきっかけを失い、謎はそのまま封印された。

浩介が関わったシステムはずっとあとになって、鉄道管理局や動力車区で試行期間を終えて、中断することになった。極めて複雑な在来線の運転業務に対して、コンピューターはデータ処理のスピードを上げることができなかった。

発案した上司は、制御工学の国際シンポジウムに提出した論文を基にして開発を進めていたのだが、時期尚早であったと文章にしたため、無念の胸中を綴っている。システムは撤去されたが、この過程で得た知識や経験は後の技術開発に役立てられることになった。これより以前、浩介がコンピューター部に配属されて初めて手がけたプロジェクトもあった。

「基本構想ができ、システム化は門司局のコンピューター課に依頼した。設計思想をよく理解してやってくれて、管理局の実力を再認識した。試行にあたって（組合との）団体交渉では『磁気鉛筆は人体に害があるのかないのか』との質問があった。（中略）このシステムを通じていろいろな地方の人との交流があった。小さなシステムではあったが、どれを思い出しても楽しい一時期であった」

後に出版された『国鉄情報システム20年のあゆみ』に、浩介は楽しい仕事もあったという一文を寄せている。

門司局の開発チームはこの仕事で、昭和四十六（一九七一）年度コンピューター業務研究発表会の総裁賞を受賞した。

第3章　お盆と正月は休まず働く

――昭和47（1972）年　門司・大里編

浩介が九州の門司鉄道管理局に転勤することになった。大森の国鉄アパートに住んで四年経ち、その間に住人が入れ替わり、知り合いになった人たちは大部分が転出している。

多恵は銀行へ預金の解約に行った。

「門司ですか、私は九州に転勤したことは一度もないな」

門司は知らない、と何度もいい、銀行員は遠い九州への転勤を都落ちのように思っているようだった。

アパートは門司区大里に建てられ、背後には山が控えている。緑の豊かなところだ。新しい五階建ての宿舎が建ち並び、バス停が三つもある大きな国鉄職員の団地である。門司鉄道管理局は福岡、長崎、佐賀の北部九州を管轄している。筑豊の炭田はかつては日本のエネルギー供給の中心地で、石炭を日本各地へ運び出し、繁栄を誇ったところだ。

門司は物価が安く暮らしやすいところで、近くの生鮮市場には新鮮な魚介類、鯨の尾の身など、東京ではお目にかかれない珍味が惣菜感覚で買える。

海藻のエゴノリで作ったオキュウトについて、店員が多恵に教えてくれた。

「関東の人が納豆を食べるでしょ、あれと同じですよ、この土地では朝ごはんに食べるのよ」

寒天よりも海の香りが強くて、体の掃除役をすることが昔から知られている。前日の夕食に、お酒を飲み、ご馳走を食べた体には適している食材なのだ。食文化の多彩なことでは東国はとても及ばない、と多恵は思った。

優の幼稚園入園手続きは、前年の十一月に東京の幼稚園で済ませていた。幼稚園は早いところでは十一月に新入の園児を決めてしまうところが多いのだ。

入園式の一カ月前で入れるかどうか難しいところだったが、課長補佐の奥さんが奔走してくれたおかげで、門司のキリスト教幼稚園に入園させることができた。園長先生のところに直接頼みに行って、定員はすでにいっぱいのところを引き受けていただいたのだ。課員のご夫人方には何かとお世話になり、助けてもらっている。

荷物が片づき一段落すると、好奇心旺盛な多恵は優と創を連れて、路面電車で門司港駅に出かけた。蒲鉾や魚介類の瓶詰めなど観光客相手の商店街があり、先へ進むと関門トンネルの人道がある。

ちょうどお昼どきだった。食堂から四、五人、スーツ姿の男の人たちが出てきて、なんと驚くことにその中に浩介がいた。

多恵は「あっ」といって手を小さく挙げて合図をしたが、気がつかないのかそのまま鉄道管理局のほうに行ってしまった。

職場の近くで浩介を目撃したのだから不思議はないのかもしれないが、これでは人の噂はすぐに広まるだろう。夫が気がつかず手を振ったりしないでよかったのだと多恵は思った。

仕事のキャリアを積んで社会の顔をつくっていく男の人は、家を出た瞬間に家族を忘れてしまうのだろうか。家に帰ってくる夫と、外で働いている夫は別人の顔をしていた。


優は幼稚園生になって行動範囲が広がり、外で遊ぶことが多くなった。三歳になった創は兄のあとを追うことが増えて、多恵は家事を中断してしょっちゅう外に出ている。澄んだ青空と強い日差しで公園の白い滑り台は直視できないほどまぶしく、子どもたちも多恵も日に焼けて真っ黒になった。

いつものように多恵が台所で食事の後片づけをしていると、部屋の中は静かで物音がしない。

優のあとを追って創が外へ行ったのに気がついた多恵は、慌てて外へ出た。

国鉄アパートの横は原っぱで、子どもたちの格好の遊び場になっている。近くには山から流れてくる小川があった。上流に行くほど川底が深くなって、ごつごつした大きな岩が転がっている。

創が川へ落ちるのではないかと思った多恵は、息も絶え絶えに川の上流に向かって走った。

心配は的中して、橋の代わりに架かっていた幅八十センチほどの板切れの上から創が転落して、小学生の子どもたちが川底から抱え上げているところだった。

創の顔は泥だらけで、その上に血が流れて見るも無残な有様だ。多恵は創をおぶって帰り、風呂場で泥を洗い流した。病院で診察を受け、骨折も目の損傷もなかったのを確認したあと、動けないほど疲れ切ってしまった。同じアパートに住む人が、

「奥さん、男の子は女の子の三人分手がかかるとですよ、これからも当分走り回って大変ですね」

といった。

幼稚園が夏休みになって、多恵は近くのキャンプ場へ行く計画を立てた。自然の豊かなところに来たのだから、チャンスを生かして家族そろって戸外の生活を楽しむつもりだ。

東京ではキャンプをするにも、わざわざ遠くまで出かけなければならない。子どもたちが大きくなる前にいろいろなことを体験させ、思い出をたくさん作ってやりたいと考えている。浩介はその計画を聞かされると難しい顔をして黙り込み、不機嫌になった。

「家族で出かける話になると、いつもいやな顔をする」

多恵は独りごとをいいながら、それでもキャンプ場へ勝手に申し込んでしまった。

食材を準備したり常備薬をそろえたり、優も喜んでリュックサックに詰める手伝いをして出かけることになった。

キャンプ場は涼しそうな風が吹きぬけ、林の中にかわいらしいバンガローがいくつも並んでいる。

「今夜はカレーを作るよ、優も手伝ってね」

多恵のあとから炊事場について行った優は、ジャガイモと小さなナイフを受け取り、皮むきを教えてもらった。ジャガイモは片手では持てなかったので、半分に切ってからむいた。

「お父さん、呼んできてくれる?」

そういわれて、優はバンガローの中に入り父さんを誘ったが、苦虫を噛み潰したような顔をしていて動こうとしない。

「こんなところで何をするんだ」

炊事場では、よその家族が楽しそうに食事の準備をしている。

「火おこしを手伝って」

父さんは不機嫌なまま、話しかけてもくれなかった。

優は浩介と多恵の間を行ったり来たりしていたが、仕方なくバンガローの中で創と遊ぶことにした。

楽しいはずのキャンプが気まずいものになってしまったが、多恵は一人でいつものように夕食を作っていた。

キャンプ場から帰ってから、多恵は不満を爆発させて夫にいった。

「せっかく出かけたのに、何が気に入らないの」

浩介も大声でいい返した。

「今はお盆の輸送で大変なときなんだぞ、帰省ラッシュでこの忙しいとき、おれが休んでどうする」

それを聞いて、多恵はあっけにとられてうろたえた。鉄道は今、お盆のかき入れどきで、少しのミスも許されないほど緊張した状態にあったのだ。夫に夏休みはなかったのだと初めて気がついた。

けれど、それならばなおのこと黙っていられない。売り言葉に買い言葉、子どもの前で夫婦喧嘩が始まってしまった。

「あなたって人は家に帰ってきて寝るだけ、私に仕事や職場のことを何も知らせず、帰省ラッシュのことだって先に話してくれれば分かることでしょ、いつもそうよ、食べるのか食べないのか分からない夕食を毎日準備している私をなんだと思っているのよ、子どもと一緒にお風呂に入ったこともないし」

面倒くさいのか、疲れ果てて話もできないのか、それとも妻を家具と同じように考えているのかと、多恵の怒りは止まらない。

思い切りいってすっきりしたいところだが、何をいっても糠《ぬか》に釘だと、あきらめたように黙ってしまった。

列車ダイヤの再編成のときも、多恵は何も知らなかった。

新しい列車ダイヤに切り替わるときは管理局に泊まり込み、深夜に走る長距離の列車を、本社と連絡を取りながら走り終わるまで待つのだ。その列車を回送させて無事に終わるまで、一日だけの「移り変わりダイヤ」が組まれ、滑らかに新ダイヤに変わるのを見守ることになるのだが、多恵は帰ってこないのは出張なのだと思っていた。課員の奥さんに、

「ダイヤ改正はうまくいったようですね」

といわれて、なんのことかさっぱり分からなかった。パートナーとして協力しているのに、少しぐらいの仕事の説明をする手間をどうして省くのかと嘆いている。他人から夫の様子を知らされるのだから気分を悪くするのも当然だ。

先日も、玄関先で出勤する夫を見送って多恵がいった。

「今日は何時ごろ帰りますか?」

「いつ帰れるか、自分でも分からないことを約束できるか」

こんな調子だから、多恵は親戚もいない土地で寂しい思いをしているのだ。

仕事の話はいっさいしないから、あとになってテレビや新聞で何があったか知ることになるが、それが話題になることもない。

列車課長は事故があればすぐに駆けつけなければならない。夜中に電話が鳴って飛び起きることは何度もあった。電話が鳴ると同時に外でオートバイの音がして、迎えの人が階段を駆け上がってきたことがある。着替えたばかりの浩介は、真っ暗な中を飛び出して行った。

「おれの居場所は庶務課の上原さんが知っているから、何かあったら庶務課へ電話してくれ」

国鉄職員が激務の中、身を削って列車の安全を第一に暮らしていることは、多恵にも分かってはいる。浩介は四六時中、列車の運行状況を忘れたことがないのだ。頭の中に家族の入り込む余地がないのかもしれない。

優や創が大好きなおもちゃの「お山のシュッポー」は、スイッチを入れると小さな汽車がいつまでもレールの上をぐるぐる回って、鉄橋を渡ったりトンネルをくぐったりする。笑い声を上げて足の間をくぐらせたりしているが、浩介の鉄道は厳しい現実があるだけだ。

門司から一駅先の小倉には有田焼の店が並んでいる。多恵は近所の人と一緒に優たち二人を連れて、F店に出かけた。

美しい焼き物が飾られている棚を眺めながら三階に上がると高級品が陳列してあり、多恵はうれしそうにガラスケースの中を覗いて優にいった。

「ね、これって小さいけど、いばった形をしているでしょう、安定してかっこいいね」

三人用の小さなティーセットの前では長い間考え込んで迷っていたが、ようやく決心し、店員さんを呼んだ。

ティーポット、シュガーポット、クリーマーの三点が他にはないデザインで、和食器のメーカーには珍しい幾何学的な模様なのである。

店員さんが、

「明日お届けします」

といった。お金を払って商品と引き換えにならないところがいかにも高級品を扱う店らしく、奥ゆかしいところである。

博多名物のお菓子を買って帰ってくると、ほどなくF店から電話がかかってきた。

「あの商品には小さな傷があってお売りできません、窯元に同じデザインのものがありますの

で、それを一緒に持って明日伺います」

次の日、配送の車がやってきて、店員は傷があるというポットの説明を始めた。蓋のほとんど見えない内側に、針先で突いたほどのくぼみがあった。

窯元から持ってきた他のポットは発色が充分でなく、二級品であるのが一目瞭然で、多恵ががっかりした顔をしていると店員さんは、

「この品物はもう作っていないのです」

と申し訳なさそうにいった。

「それでは、やはり色のきれいなほうにしましょう」

多恵はその色と形が気に入っているのだ。配達に来た店員は、品物の値段を一万円値引きして帰って行った。いわなければ気がつかないほどの傷なのに、それを知らせてきた老舗の心意気に多恵は感銘を受けた。

「プライドの高さって、こういうことなのよね」

門司鉄道管理局に東京から米倉さんが所用で訪れたとき、多恵は有田焼のＦ店で三段になっている小さな薬味入れをお土産に買って、夫に渡してもらうように頼んだ。

数日後、浩介の職場に米倉さんから絵葉書の礼状が届いた。

二度目の夏が来る前に、突然本社への転勤をいい渡され、引っ越しすることになった。定期異動ではなく、一年数カ月で東京へ戻るので不審に思った多恵が聞いてみると、

「前任者が亡くなったから」

と夫がいった。慌ただしく準備が始まると、

「何ごとですか」

「捨てた段ボールの箱を、また拾ってこなくてはいけない」

などと冗談をいいながら、課員のご夫人方が集まってくれた。ここへ来たときからまだ開けていない段ボール箱もあって、そのまま荷物を全部送り出したあと、一家は夜行列車の個室に乗った。優は、憧れの寝台車の中でいつまでも眠らずにガラス窓に顔を押しつけて、走り去る暗い風景を見ていた。

グラジオラス（多恵）

第4章　南米パラグアイへ出張

——昭和48（1973）年　高田馬場編

今度の住まいは高田馬場にあり、転勤の多い職員に配慮して、五階建てアパートの地下一階に物置があった。そこを五世帯ごとが共同で使い、段ボール箱や一時的に不要な家具が収納できる造りになっている。近くには木造平屋の公務員宿舎が戸山公園から明治通りまで並んでいた。ひときわ高い早稲田大学理工学部のビルには、学生が国鉄団地の中を通り抜けて通うため、朝夕は混雑するほど人通りが多く、知る人ぞ知る近道である。

幼稚園の年長組を半ばにしてきた優は、次の年の春までおじいちゃん、おばあちゃんのところへ行って遊んだり、家で本を読んだりテレビを見たりして過ごし、幼稚園を卒園することができなかった。

秋に三番目の男の子が生まれて三人兄弟になった。病院にお見舞いに来た多恵の母が、持ってきた新生児用のカバーオール（全身を包むつなぎの服）を広げて見せながら、

「お姉さんが、また男の子なのねえって大笑いしてたよ、三人も男の子では子育ても容易じゃないわねっていってたけど、がんばってね」

それを聞いた多恵は突然涙をこぼし、タオルで顔を覆って泣き始めた。マタニティブルーの言葉があるが、まさにその言葉通り平静でいられず、がんばってといわれて急に悲しくなったのだ。もうこれ以上、動きの激しい男の子に体力がついていかないような気がしていた。自分の娘を泣

かせてしまった母は大いに困惑した。親戚中に電話をして「また男の子か」とはいわないように頼み、浩介にもそのいきさつを話した。

「また男の子だけれど、多恵にはそういわないでくださいね、あの子が泣くから」

「そうですか、家庭のことは彼女に任せきりで済まないとは思っているんですが」

「あの子が泣くくらいだから、よほど女の子が欲しかったんだねえ、と皆で話しているところなんですよ」

話は大げさに伝わって、浩介は病院へお見舞いに行くとき何かお祝いをしなければならないと考えて、腕時計を買って多恵にプレゼントした。浩介の妹に子どもが生まれたとき、夫に腕時計を買ってもらったと聞いて、腕時計なら自分にも買えると思ったのだ。

気分が安定した多恵は、きらきらしたオメガの文字盤を見て冗談をいった。

「列車ダイヤを守る人からのプレゼントだから、この時計、すごく正確で丈夫なんでしょうね」

末っ子の真《しん》が生まれて半年ほど過ぎた昭和四十九（一九七四）年の三月、浩介は海外技術協力事業団（現・ＪＩＣＡ）のメンバーの一員として、一カ月ほどパラグアイへ派遣されることになった。南米大陸の内陸部にあるこの国は、豊富な水資源を利用して水力発電所が造られ、近隣諸国にも余剰電力を供給している。そのエネルギーを使って電気機関車を導入するために、日本の国鉄に協力を依頼したのだ。国鉄技術者と運輸省の職員が数名でパラグアイへ出張して調査を行うことになった。多恵は南米に行く夫の健康を考えて、親しくしている薬剤師の村井さんに常備薬をそろえてくれるように頼んだ。

有楽町の会社に勤めている村井さんが国鉄本社の近くまで薬を届けてくれることになった。待ち合わせ場所を指定するとき、

「電車は先頭から五両目の二番目のドアから乗ると、東京駅で降りたときに中央階段の前に出ます」

浩介がそのように指示したから、村井さんはあとになって多恵に電話していった。

「さすがに電車のことには詳しいわねえ、驚いちゃった」

持って行くスーツケースの中には、内側に細長いポケットをつけたズボンを何枚か準備した。貴重品を携帯できるように、細くて長い袋を手で縫いつけたのである。浩介は八ミリカメラを準備して、パラグアイの様子を撮影してくるつもりでいる。

出発の当日、多恵と子どもたち三人は羽田に見送りに出かけた。浩介が乗るDC－8の飛行機を見るのを、優たちは楽しみにしている。職場の同期生の人たちも見送りに来てくれて、その中

の一人が優と創に、

「さあ、トイレに行こうね」

と声をかけて連れて行ってくれた。思いがけない心くばりに、多恵は感激して何度もお礼をいった。見送りの人と挨拶をしている浩介と離れて、搭乗するまで優と創はおとなしくしていた。


一カ月後、南米から帰った浩介が撮影してきたパラグアイのフィルムには、薪を積んだ蒸気機関車がジャングルの中を走る様子が映っている。薪の中から大きな蛇が出てくる場面があって、優たちは怪獣でも見るように歓声を上げた。列車の窓から撮影したジャングルの樹木が延々と続いている風景の中に、突然日本車の広告板が現れた。

「お母さん、日本は自動車も世界中で有名なんだね」

「そうそう、新幹線だけじゃないね」

資源を持たない日本は、密林の中にまで看板を立てて日本車を宣伝している。自動車メーカーの社員も商社の人も、世界中を忙しく飛び回っているのだ。


四月に優は小学一年生になり、創は幼稚園に入った。体の細い優はランドセルが重そうに見えて、親戚中が心配している。

授業が始まって一カ月ほど経ったとき、ランドセルに同じ教科書が二冊入っているのに気がついた。

「お母さん、由美ちゃんの教科書、持ってきちゃったよ」

「困ったね、心配しているだろうから電話してあげなさい」

「電話番号を知らないんだよ」

「ああ、そうなの、あとでお母さんが買い物に行くから届けてあげようかね」

多恵は真をおんぶして、教科書の住所を頼りに出かけた。由美ちゃんの住まいは繁華街から少し入ったところのアパートだ。ドアをノックしても誰も出てこないので帰ろうとすると、隣の人が顔を出した。

「もう仕事に出かけたわよ」

お母さんは夜、新宿で働いているので、由美ちゃんはいつも一人で留守番をしているというのだ。

そろそろ薄暗くなり始めているのに由美ちゃんは帰っていない。多恵は教科書を渡さずに戻ってきたが、気が滅入っていつもより無口になっていた。

「お留守のようだったから、明日教科書を渡してね」

と多恵はいった。由美ちゃんはその後、おばあちゃんの家に引っ越して行った。

一年が過ぎて春になり、暖かい日が続いて、桜はほぼ満開になった。

「お花見に行こう」

新宿御苑には明治通りを歩けば楽に行けると近所の人に聞いたから、多恵は思い切って出かけることにした。電車でプラットホームを上ったり下りたりするより、マイペースでのんびり歩くほうが楽しそうだ。

桜のころはいつも引っ越しで慌ただしく、ゆっくりお花見をしたことがなかった。末っ子の真をベビーバギーに乗せて、優と創と一緒に新宿方面に向かって歩いて行った。広い平らな歩道は歩きやすく、車もそれほど多くはない。

新宿御苑は満開だった。雲一つない青空で、風もなく絶好のお花見日和である。

優たちは草の上を走り回り、寝転んで遊んだ。見上げる桜の花の間から光がこぼれ、うっとりするほど幸せな気分だ。なぜか人の数も少なく、迷子になる心配もない。三人は遠くまで走ってはまた戻り、体を動かしていつまでも遊んだ。多恵は写真を撮るために優たちを並ばせようとしたが、真がじっとしていないため、三人並んだ写真はあきらめた。

次の日、若葉がちぎれて舞い上がる大暴風雨になった。昨日の晴天は嘘のように変わり、春の嵐は突然やってきて桜の花を無残に散らせてしまった。


国鉄アパートは高田馬場駅と新大久保駅の中間地点にある。新宿の繁華街とは近いので、そのせいか深夜二時、三時ごろ、間違い電話がかかってきて起こされることがあった。

「まみちゃん、あたしよ、あたし」

間違い電話は甲高い声で話しかけてくる。深い眠りに入った直後に起こされて、もうろうとする頭で反射的に対応する多恵は、受話器を置いたあと一瞬記憶が途切れ、なぜ自分がここにいるのか分からないまま電話の前で呆然としていた。新宿の街は昼も夜もないのだ。

家にかかってくる夜中の電話は列車事故に決まっているし、熟睡しているときに突然けたたましくベルが鳴るので、激しく動悸がして心臓に悪い。ところが浩介は、運転局計画課の勤務になってからは電話のベルにも反応しないでぐっすり眠っている。眠っていても自分の用事でないことが分かるのだからすごいと思った。浩介の今の仕事は、列車輸送のための設備を計画したり、地方の電化や時刻改正の時期を決めたりすることで、ときには関係省庁の委員会へ呼ばれて輸送に関するいろいろな要請を聞くこともあった。

新宿区は公立小学校の敷地内に幼稚園が併設されている。送り迎えを義務づけているので、母親同士が世間話をしながら通学路を歩いて行く。幼稚園の送り迎えでいつも顔を合わせる公務員宿舎の人が、多恵に話しかけてきた。

「今日は自宅待機ですか？」

「いいえ、朝早くから歩いて仕事に出かけましたよ」

「どうやって歩いて行くのかしら？」

「さあ、神楽坂辺りを通るんじゃないでしょうか」

ストライキが始まったのだ。二年前の昭和四十八（一九七三）年三月には埼玉県上尾市で、いわゆる順法闘争にいらだった乗客が暴動を起こした。通勤するサラリーマンがダイヤ通りに動かない電車に詰め込まれて、怒りが爆発したのである。同年四月、赤羽駅では乗客が電車に放火する事件も発生していた。

労働争議もとどまることなく、昭和五十（一九七五）年五月、春闘決戦と銘打ち、国鉄も私鉄もストライキに入り、数日間波状的に続いた。

幼稚園へ（創）

五月七日に英国からエリザベス女王夫妻が来日して関西方面へ出かけられたとき、予定していた往路の新幹線乗車は、空路への変更を余儀なくされた。

国鉄職員は鉢巻締めて赤旗振ってのイメージが浸透して、国民からの批判が噴出している。財政的にも国鉄は大きな負担になっているとの記事が、週刊誌などに掲載されていた。

十一月に入って今度は公労協（公共企業体等労働組合協議会）統一のゼネストになった。浩介はまだ暗いうちから起きて、高田馬場から東京駅前の本社まで徒歩で出かけた。道は分かっているし、足には自信があった。直接列車の輸送に関わる部署でなかったため、家に帰ってくることができたが、多くの職員はいつでもすぐに列車の運行が開始できるように、本社に泊まり込んで準備をしているのだ。

仕事に支障をきたさないように会社に泊まり込むサラリーマンも多く、貸しふとん屋を利用してどこでもそれなりの準備をしていた。

一週間あまりにわたった前代未聞のゼネストは交通手段を大混乱に陥れたが、社会生活がまったく停止してしまうことはなく、車社会の威力を発揮した。国鉄はますます世間からの批判を受けるようになった。

クリスマスが近づくころ、親戚のおばさんがプレゼントを持って訪ねてきて、子どもたち三人を相手に遊んでいる。

「優ちゃん、大きくなったら何になりたいの？」

「大きくなったらパイロットになりたい」

「そう、飛行機に乗れていいわね」

「創はひかり号の運転士さん」

「いいわね、お父さんと同じところで」

「おばさん、ぼくにも聞いて」

「真ちゃんは何になるの？」

「ぼく、分かんない」

お土産の絵本を三人が読んでいる間、おばさんは、

「あなたは三人の育児をする母親で、それから父親役もやって、その上、夫の母親役もやっているのよね」

といった。

子どもを育てるのは、全力疾走を繰り返すほど体力を消耗する。三人の子どもを順々にお風呂

に入れて、パジャマを着せるにも自分は濡れたままで悪戦苦闘している。その話を聞いて、おばさんがバスローブを届けてくれたのだ。多恵は味噌汁や麺類のできたてを食べたことはほとんどないが、それを嘆くわけではなかった。夫が子どもの将来を考えているのなら、そのときどきに父親の出番があってもよいのではないかと思っているのだ。おばさんが指摘したように、夫の母親役になってしまっては、父親の出番はないのかもしれない。

浩介の職場には福利厚生事業の一環として行われている催事がある。コンサートもその一つだ。浩介は東京文化会館でのクラシックコンサートのチケットを希望して、多恵と二人で出かけることにした。

優たち三人をおばあちゃんに預けて、久しぶりに音楽会の会場に行った。ブラームスの交響曲第四番、ハンガリー舞曲などが重厚に響き渡り、日ごろの疲れが消えていくように感じられた。演奏が終わり出口の広間に出てみると、階段を少し上がったところに米倉さん夫妻が立っていた。うれしくなって多恵は遠くから声をかけた。

「こんにちは、お久しぶりです」

子育てに追われてずっと疎遠になっていたから、多恵にとっては六年ぶりのことだ。米倉さん

は先に気がついて、二人を離れたところから見ていたのである。多恵が近寄って改めて挨拶をすると米倉さんは、

「どこか座ろうよ」

と辺りを見回して、四人は通路の脇の向かい合った椅子に腰を下ろした。

「ブラームスは力強くってよかったですね」

「そうね、シンフォニーは重々しいので、普段はあまり聴かない曲ですけど……」

米倉夫人は相変わらずさっそうとして美しかった。

通路は帰りを急ぐ聴衆でごった返している。もっと時間があれば夜景の見えるレストランにでも足を運んで、面白い話が聞けるのにと多恵は思った。落ち着いて話ができる場所ではなかったが、夜九時を過ぎていることもあって、混雑している狭い場所でも仕方がなかった。

米倉さんが突然、多恵のほうに向き直ってこんなことをいった。

「子どもを育てたことがないものだから、常識がないんだよ」

久しぶりの再会で楽しい話を予想していた多恵は、一瞬とまどって、次の言葉を待った。少し間をおいて米倉さんは、

「三番目のお子さんを養子にくれないか」

といった。思いもよらない申し出に、リラックスした気分は一変した。周りの喧噪《けんそう》が嘘のように消え、多恵の頭の中は答える言葉を探して忙しく動いた。

「財産を全部譲る、大事にかわいがって育てるから」

以前からずっと考えていたのか、一方的に自分の家の経済状態まで話して、

「どうだろうか」

と返事も待たずに話し続けた。

多恵はゆっくりと言葉を選びながら、心を落ち着けて米倉さん夫妻の顔を見ながらいった。

「子どもが大きくなって、自分の意思で米倉さんの養子になりたい、といったら貰ってください、米倉さんのほうが待遇がよいから行くというかもしれません……、けれど、私のところに生まれてきてしまったのですから、今は私が勝手に決めるわけにはいかないと思っています」

米倉さんは多恵の話を黙って聞いていた。「米倉さんのほうが待遇がよいから」という言葉がおかしかったのか、緊張が少しほぐれて、

「親ごと一家全員、養子にしてくれませんか」

と浩介が冗談をいった。

「大きくなってからでは、もう来ないでしょうね」

夫人がつぶやくと、

「そりゃそうだよ」

米倉さんは初めて少し笑った。

単刀直入に話したあとは、もう何も話題がなかった。

「さあ、帰ろうか」

そういって立ち上がると、お別れの挨拶もそこそこに、米倉さん夫妻は人の波に入って後ろ姿が見えなくなった。交響曲の後半に繰り返し現れる、うねるような美しい旋律がいつまでも頭の中で鳴り響いている。多恵は自分が何を話したのか正確に思い出せないまま、その場に立ち尽くした。

第5章　新幹線　博多総合車両基地

——昭和51（1976）年　博多編

浩介が新幹線総局、博多総合車両部へ転勤になった。岡山止まりだった新幹線が福岡・博多駅まで開通した昭和五十（一九七五）年の前年に発足した基地で、「博総《はかそう》」と呼ばれている。

博多駅から約九キロの引き込み線を配した地点・福岡県那珂川町にあり、南北方向に二・四キロと細長く、面積は三十三万平方メートルもある。

車両を収容する巨大な検査庫では整備点検を行い、科学的な最新の設備を持って、定期的にオーバーホールをしている。

ここでは検査・修理だけでなく、車両や乗務員を配置して、列車として走らせるための運転業務も一貫して行う。着発線といわれている路線上に新幹線車両が何本も並んで待機している。

列車が安全に走るためには、路線を一定の距離ごとに信号を設置して分割し、一信号区間には一列車しか進入できないようにしてあるのが原則で、その方法は時代によって違うが、蒸気機関車の昔から行われている基本である。

新幹線は高速で走るので、運転士が信号を確認してからブレーキをかける方式ではなく、ATC（自動列車制御装置）を使用している。レールに信号電流を送る設備と車上の受信する設備によって、列車のスピードが自動的に信号の指示する速度以下になる。列車の間隔だけでなく、停車駅に接近したり、線路のカーブなど地形の条件によっても運転台に徐行の数字が表示される仕

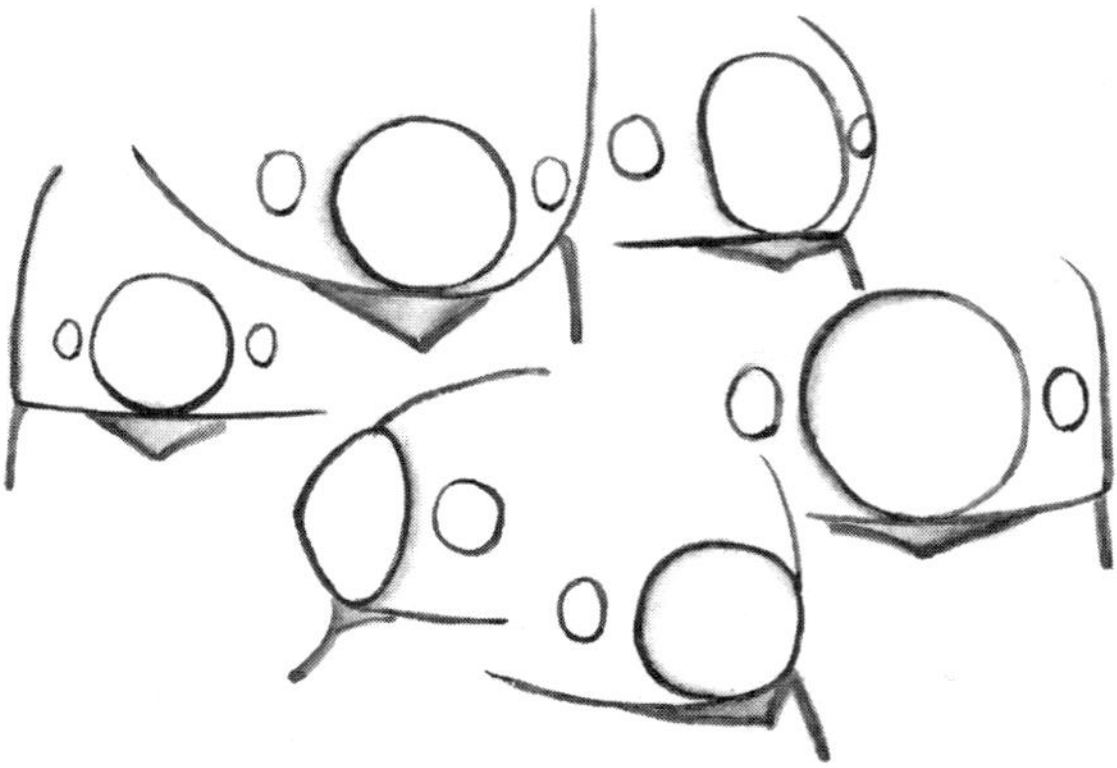

新幹線（多恵）

組みで、車上ＡＴＣも試験室で厳密な検査を受けている。

新幹線が福岡まで延びることになってこの基地が計画されたときから、広大な敷地の用地買収に多くの人が関わり、開設に至るまでには大きな労力が払われた。

職員の宿舎一四〇〇戸とその他独身寮などの建設で、ライフラインの設置も容易なものではない。静かな農村地帯に職員一六〇〇人を超える車両基地が突然出現したわけだから、行政側との交渉にも多くの時間が費やされた。博多開業の一年後に転勤してきた浩介は、その当時のさまざまな苦労話を何度も聞くことになった。誰もが自分だけの大切な新幹線を持っているのだ。

転勤してきた一年目は輸送障害が頻発して、夜中の電話は珍しくなかった。ある新聞では、新しくできた車両基地へ各鉄道管理局が労働組合の活動家を転出させたためであろうと、識者が語っていることとして掲載されていた。また、他の新聞では縄張り争いがあるのだと書いてあった。真偽は別にしても、新しくできたものの常として、人間関係が順調に滑り出すまでには大変な努力が必要なのだろう。

多恵たち一家が引っ越してきたときには、入居する国鉄宿舎がまだ出来上がっていなかったので、民間のマンションを借りた。

長男の優は小学三年生になっている。学校の体育館で始業式が始まったとき、転入生だけが

五十人近く並ばされて、事務的に各クラスに振り分けられているのを見て、多恵は驚いた。先生は慣れた様子で、

「毎年こうなんですよ」

といった。博多は大手企業の転勤族が多く、支店経済といわれている。そのせいで、マンションの近くにある小学校は、四月になると一クラス分くらいが入れ替わるほど転校生が多いのだ。

転校して初めての社会科の授業で、早速宿題が出た。

「お父さんはどんな仕事をしているのか聞いてくるように」

といわれた。

「お父さんの仕事は何ですか」

優が浩介に聞くと、

「新幹線を安全に時刻通り、走らせることだよ」

といった。電車や新幹線は時間通り走っているのが当たり前だと思っていたので、優にはよく分からなかったが、父さんがいった通り先生に答えた。

「いいなあ、ひかり号の運転士さんだ」

「こだまも運転するの？」

と教室中が新幹線の話でもちきりになった。先頭車の丸い鼻は子どもたちに人気がある。丸い部分には連結器が収められて、万一自力運転ができなくなったときに、救援車に連結して基地に収容する用意がしてあるのだ。

「東京に行ったとき新幹線に乗ったけど、速くてとても乗り心地がよかったよ、すごいスピードだね、皆もそのうち乗ってごらん」

と先生がいった。

転勤族は人見知りをしている暇がないので、すぐに共通の話題を見つけて母親同士の交流が始まる。美容室に行くときなど真を預かってくれる人もいて、多恵は開放的で人を拘束しない博多の街が気に入った。

近くには凧あげができそうな広い公園がある。優は小さいころ買ってもらった『凧を手作りしよう』という本を読みながら、ビニールのゴミ袋を切り開いて、手にあまるほどの大きな凧を作りあげた。ちょうどよい材料がないので地味な色合いの凧になった。

池のある公園まで出かけたが、いくら調整しても凧はあがらない。

「そんなゴミ袋で作った凧があがるか」

走り回る優の姿を見て、年長らしい少年がはやし立てた。玄界灘に近い九州のこの辺りの言葉は猛々しく聞こえて、優はいい返すこともできない。

東京の交通公園に多恵と子どもたちで凧あげに行ったとき、ゲイラカイトは近くであげていた人の糸と絡み合って遠くの空のほうに墜落し、回収が不可能になってしまったのだ。博多に引っ越して広い空を見たとき、すぐに、ああ、凧あげができそうだ、と優が思ったのはその悔しさもあったからだが、博多ではアメリカ製のゲイラカイトが見つからなかった。ゴミ袋で作ったみすぼらしい凧を持って帰り、二度目の凧作りに挑戦した。思い通りにできなくて何度もやり直し、泣きながら作っているのを多恵が見ていた。

ようやく出来上がったときには、太陽が西に傾き夕方になっていたが、その日のうちに公園に出かけて頭の上で糸を強く引くと、汗と涙の結晶であるゴミ袋の凧は風を受けて空高くあがった。転校生の優は、博多の空に凧をあげて、新入りのご挨拶を済ませたのである。

多恵は小学校の保護者会での友人もたくさんできたが、昭和五十二（一九七七）年、隣の春日市に国鉄宿舎が完成して移ることになり、一年でまた学校が変わった。

西鉄福岡駅から二十分ほど行った雑餉隈《ざっしょのくま》駅でバスに乗り換え、終点で降りると、田園地帯の中

凧あげ（優）

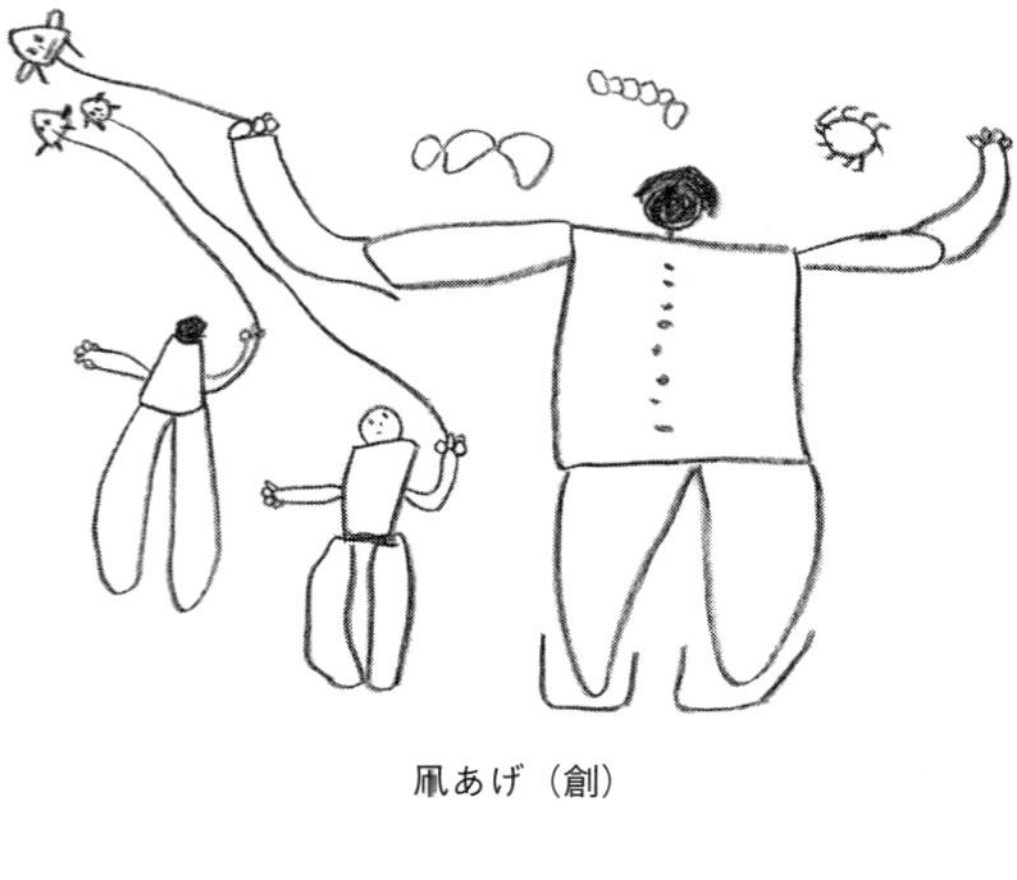

凧あげ（創）

に五世帯ほどの宿舎が新築されてあった。近くには幼稚園を併設する女子大学があり、真が幼稚園に通うには便利な場所だ。

新しい土地に引っ越したときは、いつも多恵と子どもたちで近所を歩き回るのが恒例になっている。竹林を切り開いたところに建設中のスーパーマーケットがあり、大手企業の社宅も並んでいた。博多のベッドタウンとして発展している地域である。

皆より数メートル先を歩いていた創がペットショップを見つけ、近寄って店内を覗き込んだ。

「お母さん、あの小鳥がいいな、ねえ買って」

「自分で世話ができなければ飼えないよ、生き物だからね、飽きたからもういらないというわけにはいかないでしょ」

優と創は口をそろえて、

「面倒を見る」

といった。

白文鳥を二羽、かごに入れてもらい、『小鳥の飼い方』という入門書を購入して宿舎に帰ってきた。真っ白い文鳥はくちばしがピンクで、かわいらしい動作をして周りを和ませる。多恵が水を入れる容器を洗っていると創は、

「ぼくがする」

といって、水道のそばから離れない。創は鳥のかごの掃除を毎日自分ですることにした。

根気よく面倒を見ているが、二羽の鳥はいつまで経っても卵を産まない。

「お母さん、この鳥は二羽ともオスみたいだよ」

「どうして分かるの？」

「女らしくないから」

「卵を産まなくても、しっかり世話をしてやってね」

学校から帰って、日課になっている鳥かごの掃除をしていた創が突然大声を上げた。

鳥かごをベランダの上でひっくり返して留め金が外れ、一羽逃げてしまったのだ。大慌てで外に飛び出し、木の梢に止まっていた文鳥を見ていたが、やがて鳥は飛び去ってしまった。創の落胆ぶりは可哀想なくらいだった。

「残念だなあ、どこに行ったんだろう」

「うちと同じだよ、オスばかりで飽きたのかもしれない」

帰ってきた優がおどけて、弟を慰めている。

鳥を逃がしてしまった創は、それ以来、鳥かごの掃除をやめてしまった。

それから数日後、鳥かごをベランダに出して残った一羽を日光浴させているとき、多恵の目が釘づけになった。

「ああ、大変、またかごから出てしまった」

白文鳥が、かごの外の金具に止まっている。どうして出てしまったのかと思ってよく見ると、かごの中には確かに一羽いた。外にいるのはどこからか飛んできた白文鳥なのだ。

外の鳥は自由自在に飛び回っているが、近くの木の梢から、かごの中の鳥を意識して離れようとしない。

「捕まえて創ちゃんを喜ばせてあげよう」

多恵によい考えが浮かんだ。

鳥かごをベランダから部屋の中に移し、竹ザルを持って、ガラス戸の近くで待つのである。しばらく待っていると、文鳥はおもわく通り部屋の中まで入ってきて、鳥かごの上に止まった。多恵はベランダのガラス戸を静かに閉めた。

そっと近寄ってザルをかぶせると簡単に捕まえることができて、おとり作戦は大成功だった。

鳥が再び二羽になると、今度は卵が産まれ、雛がかえった。白文鳥のつがいは雌雄の区別がつかないが、どちらも交代で卵を温め、雛にえさをやり上手に育てている。

五個の卵から白い鳥が一羽、あとは白・黒・茶色の模様がある四羽の桜文鳥が生まれた。創は自分が逃がしてしまった鳥が帰ってきたのかどうか不思議に思っているが、本当のことは誰にも分からなかった。

昭和五十三（一九七八）年、近くにある女子大学の付属幼稚園に三男の真が入園した。

ようやく自分の時間を持つことができるようになって、多恵は一週間に一度、博多の絵画教室に通うことにした。真を送り出したあと、大急ぎでスケッチブックをバッグに詰め込み、朝食の後片づけや洗濯物を干して、バタバタと出かけて行く。

それから一カ月ほど経って、幼稚園に通う真の様子がおかしくなった。登園する時間になると泣き出して、涙が出るから幼稚園には行けないというのである。毎朝同じことを繰り返し、送り出すまでが大変な騒ぎになって、多恵は疲労困憊し途方にくれた。幼稚園の門まで連れて行って中に入れれば戻ってくることもなく、終われば楽しそうに帰ってくるので、幼稚園に問題があるとも思えない。幼稚園の先生と相談したが、理由がよく分からなかった。

保護者会では、多恵に図書係が振り当てられている。子どもたちに読ませたい本を購入したり、読み聞かせをしたりする役目で、ある日、同じ図書係の母親に真の様子を話してみた。

「あらまあ、うちの子もまったく同じですよ、幼稚園に行く前になると行きたくないといって泣

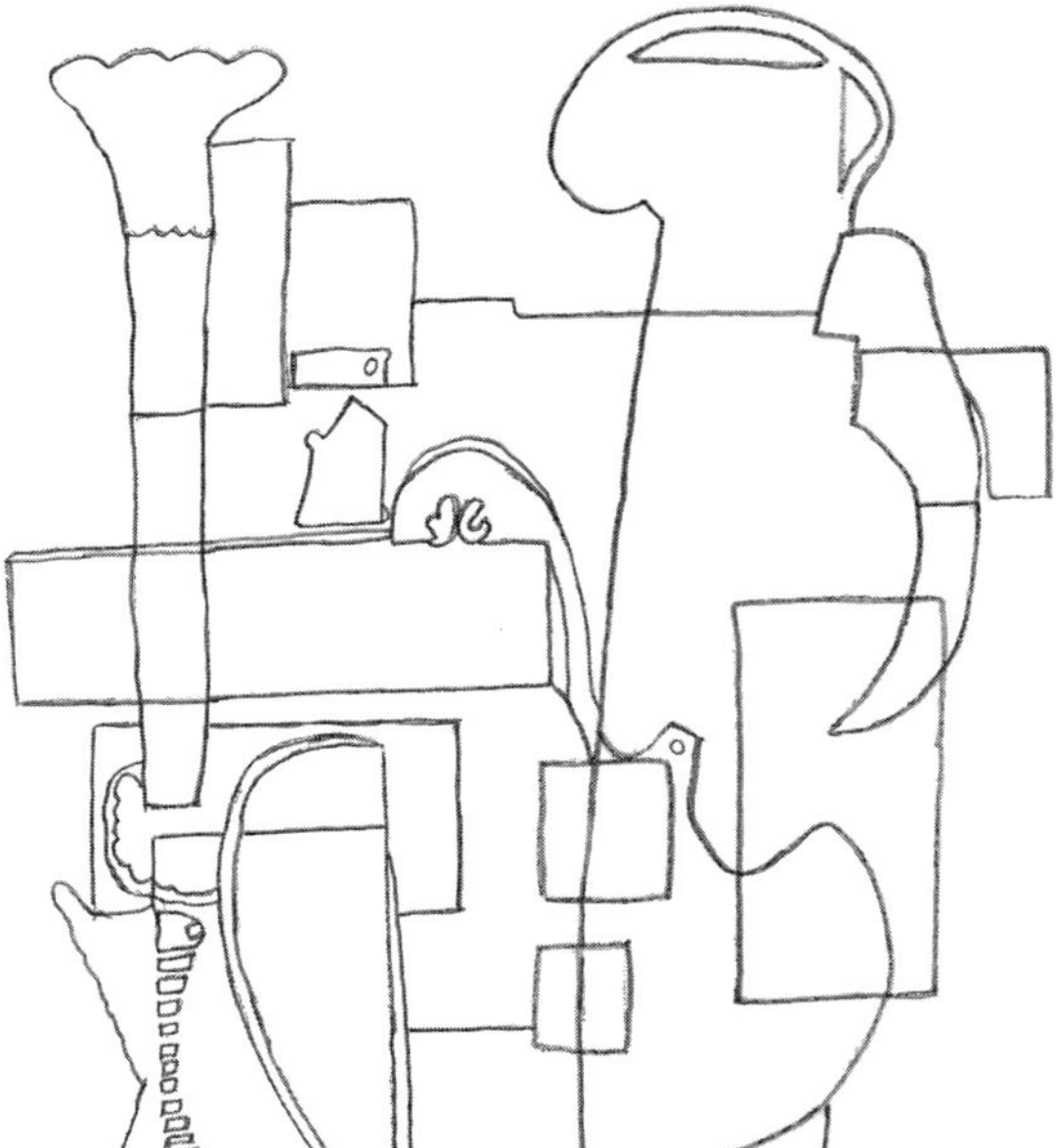

ごはんですよ（多恵）

くの、私のスカートを持って離れないのよ」

その人も困り果てたようにいった。話を聞いてみると、子どもの様子がそっくり同じなのだ。子ども同士が同じならば、母親同士は似ているのだろうかと考え、そして思い当たった。

「ああ、この方も忙しい」

その人は四人の子どもの母親で、夫は外科の開業医をしている。一緒に図書室で本を整理しているときも、いつも時間を気にしていた。のんびりできないらしく、そばにいてもなぜか一緒に急かされている気分になってしまう。そして、多恵は自分でも分からなかった真との関係に気がついたのだ。

真は幼稚園に出かけるときに、多恵が慌ただしく絵画教室に出かける用意をしているのを見て、自分がいない間に、

「お母さんがどこかへ行ってしまう」

と心配していたのだ。自分の帰る場所があると思っているから、安心して離れることができる。まだ甘えていたい年齢でもあるし、幼稚園にいるときには緊張することもあるだろうと思った多恵は、絵画教室をやめた。真は危うく登園拒否になるところを回復したのだ。

福岡地方は梅雨時を過ぎても雨が降らず水不足になって、ついに時間給水が行われるようになった。車両基地と離れた春日市にある多恵たちのいる宿舎は、給水制限はあったものの、時間がくればなんとか水が出てしのぐことはできた。そうはいかなかったのが、新幹線基地とその周辺に建設された国鉄アパートの団地である。

新幹線基地が計画されたとき、基地周辺には上水道設備がなかった。人口が増え続けている周辺都市へ給水しなければならないから、という理由で、車両基地には工業用水に限り配水されることになったいきさつがある。

生活用水を利用するには水利組合の同意が必要で、新参者の新幹線基地にまで恩恵を与えてくれなかった。このため職員アパートの上水道は国鉄の負担で独自に井戸を掘り、地下水で生活用水をまかなって、なおも足りない水は遠方より輸送していた。

このように不安定な生活は、雨が降らなくなって湧水量が減り始めたとき、大変な脅威をもたらした。

給水車から少しばかりの水をもらい受けて生活していた職員家族は、我慢の限界に達した。寝る間も惜しんで奔走した職員の中には、病気になってしまう人もいるほど危機的な状況だった。水飢饉が国鉄職員の宿舎を襲って六カ月の後、春日那珂川水道企業団からようやく給水されるようになって、安定した生活ができるようになった。

多恵は十年ほど前の高松で、同じような水飢饉に見舞われた経験がある。香川県は塩田が産業として成り立つほどで、もともと雨が少ない。その年も猛暑と干天続きで第三次給水制限が行われ、陸上自衛隊に出動を要請して、給水車が配水を開始した。九月中旬になって来襲した台風が多量の雨を降らせて、ようやく水飢饉が解消したのだった。


夏休みの間、優は東京のおばあちゃんの家に遊びに行った。初めての一人旅であるが、交通機関は新幹線の始発から終点まで乗るだけで、東京駅におばあちゃんが迎えにくることになっている。一人で新幹線に乗り、車中で短波のラジオを聞いた。周波数を合わせていろいろな放送を聞いていると東京までの時間も長くはない。京都駅に着いたときや富士山が見えるところでは、ガラス窓に顔を押しつけるようにして、外を見ていた。

ビルや家が建ち並んでいる街と、田んぼや畑が広がっていて人が誰も見えない場所の違いが、優には面白く、そして不思議だった。

その風景を見ているうちに、便利な駅の近くには人がたくさん集まることに気がついた。

ひかり号はすごい速さで、東京のおばあちゃんのところへ優を運んでいった。

新しい国鉄宿舎に移ってから飼い始めた小鳥は、すでに四回目の卵を孵化《ふか》させた。そのつど、白文鳥と桜文鳥が同じ比率で生まれる。優たちはその小鳥をペットショップにあげることにしていた。顔なじみになった主人は鳥のえさと交換してくれて、その上今回はケーキのお土産までくれた。

「この鳥は偉いねえ、食費を自分で稼いでいる」

と浩介がいった。

博多に来て三年目の一月下旬、ATCの故障により、基地内で車両が三〇〇メートル暴走する事故が起きた。テレビには現場で説明する浩介の姿が映っていた。

一年ほど前から、東京運転所構内や新大阪駅、その他にもATCに異常信号が現れる事故が発生し、本社は「新幹線輸送障害対策委員会」を設置して調査をしているところだった。

夜、東京からの電話で浩介が話しているのが聞こえる。

「私が門鉄のほうへ行きますよ」

電話が終わった夫に向かって、多恵がいった。

「人事の話ですか？　また九州なの？」

「ああ、いいじゃないか」

正式な辞令があって、浩介は門司鉄道管理局へ転任した。

いつものことながら多恵は一人で引っ越しの準備をしている。段ボール箱を近くの市場から配達してもらい、使わない食器から順々に紙に包んで箱に詰める。マジックペンで箱に番号を書いて、手元のメモ用紙に箱の番号と中身の食器の種類を書いておくと、転居先で楽に取り出すことができるのだ。

日常生活に必要な最低限の荷物だけを残して、その他の家財道具を詰め込んだ箱は部屋の片側に積み上げてあった。学校の終業式までこんな状態で暮らすのだ。

優たちがまだ小さかったときは段ボール箱の上に乗って遊んで、

「子どもたちが先に引っ越してくれないと、いつまで経っても準備ができない」

と多恵を嘆かせたが、今度で小学校の転校は三度目になった。

「ああ、また初めから友達をつくるのか」

優は積み上げた段ボール箱を見てため息をつき、泣きたい気分になった。

多恵は博多で知り合った友人から、海棠《かいどう》の盆栽をもらって庭に植えていた。懐かしい思い出として、引っ越しのときには掘り上げて持って行く予定にしていたが、丈夫に育ち、花芽をたくさんつけているのを見て気が変わった。きれいな花が咲くように、このまま残しておくことに決めたのだ。

第6章　走り続けたパイオニア

――昭和54（1979）年　門司港・清見編

門司鉄道管理局がある鹿児島本線門司港駅は、海のすぐ近くにあり、早くから大陸の文化が入ってきたところである。九州の炭鉱で財を成した人たちが、焼き立てのパンを門司港まで買いにきたといわれるハイカラな土地で、バナナの叩き売りでも有名なところだ。新幹線は小倉、博多に直行するため、商業都市としての賑わいは少ないが、古い洋風の建物が多く残って歴史を物語っている。

国鉄アパートは駅から山側にバスで十分ほど入った門司区清見の地にあった。七年ほど前に暮らしていた門司駅の大里からは、駅一つ離れている。

多恵がベランダで洗濯物を干していると、アパート前の広場で見覚えのある女の子が自転車に乗って遊んでいるのに気がついた。

「あっ、秋野さんがいるのだ」

九年ほど前に東京のアパートで一緒だったトモコちゃんだった。優より一つ年下だから、小学五年生になっているはずである。

トモコちゃんは小さいころから目鼻立ちの整った顔立ちで、すぐに見分けがついた。それまでの心細いような頼りない気持ちが消えて、多恵は少し安心した。

優たち三人兄弟は躾が行き届かず、多恵の友人には刈り込んでいない庭木のようだといわれている。どこにいても腕白ぶりを発揮して肩身の狭い思いをしていたから、同じように三人の子どもを持つ秋野さんがいれば、親の思い通りにいかない子育ての悩みを、相談できるかもしれないと多恵は思った。

「ほらほら、だめでしょう、きちんとしまっておかないと、明日登園するとき困るでしょ」

幼稚園から帰って帽子やバッグを放り投げた真を叱った。厳しい調子でいわれた真は、

「お母さん、僕を見捨てないで」

といって泣いた。

「見捨てるわけないでしょう、真ちゃんはうちのお宝坊やだよ」

せっかく馴染んだ博多の幼稚園を変わったので動揺しているのか、繊細なところもある真には少し辛い環境のようだった。

言葉を覚えるように小さいうちから善悪の別を覚えさせるのは、躾の第一歩だと多恵は信じているが、叱られて見捨てられると思ったのなら、脅していることに変わりはない。

三人育てても、子どもは一人一人感受性も違い、いつまで経っても手探りの状態で子育ては次から次へと悩みの多いものなのだ。

前から考えていたことだったが、多恵が車の教習所へ通い始めた。博多にいたときは、優たちを水泳教室に通わせるためにバスを乗り継ぎ、往復二、三時間もかけて送り迎えをしていた。免許証を持っていなかったために車がなくて不便な生活だったから、真が門司の幼稚園に入るとすぐ教習所へ通うことにしたのだ。

車の免許証がやっと取れて、起伏の多い門司港の町を一人で走る準備をしていると、三階に住んでいる津川さんが下りてきていった。

「石野さん、おめでとう、免許が早く取れてよかったわね」

「ありがとう、早めに取れてほっとしました」

「門司港を一周してきましょうよ、私が助手席に乗ってあげる」

多恵が躊躇していると、

「大丈夫、ここは交通量も少ないし、楽に走れるわ」

免許取り立ての人間が運転する車に乗って心配ではないのかと緊張したが、津川さんは意に介さず助手席に乗り込んだ。

「一回りしてくれれば、すぐに慣れますよ」

津川さんの声は頭の中を美しい音楽が流れてくるようにさわやかで、おっとりしたテンポは聞く人を安心させる。

「次の角、右折です」

「はい」

「停車中のバスを追い越します、車の陰に人がいないか、気をつけてね」

門司港の町は三方を海に囲まれ、岬の先が下関に接していて、そこに関門橋が架かっている。周防灘に面した道を回って、和布刈《めかり》神社まで運転してから橋の下で車を止めた。美しい風景に誘われて車を降り、堤防のそばまで歩いた。早鞆《はやとも》ノ瀬戸はかつて来たときと同じように激しく流れ、深い海は多恵の記憶通り、日本画の岩紺《いわこん》の色をしていた。

七年前、橋はまだ建設中で、まもなく下関に届きそうな時期であったが、一年半で転勤になり、橋の完成を見ずに東京へ引っ越した。

そのとき幼稚園を中退した優が、今では小学校の六年生になっている。

八年足らずの間に新幹線が東京までつながり、九州と本州の海峡には雄大な橋が出来上がっていた。

「さあ、これで機動力も手に入れたし、どこにでも出かけられるわ」

多恵は両手を頭の上で伸ばしながら、海の風を深く吸い込んでいった。

勇敢にも初めての運転につき合ってくれた津川さんは、彼女の夫が二十数回お見合いをして決めた相手だという噂があった。

「本当ですか?」

と聞くと、津川さんはえへへ、と笑いながらいった。

「そうらしいわ、主人は何度もお見合いしてやっと決めたんですって」

「へえ、よくがんばったわね、どんなお見合いだったの?」

「親族一同がホテルで会食をしてね、これぞお見合いって感じ」

「あら、由緒あるお見合いなのね、映画のシーンみたい」

「石野さんはどうだったの?」

「私なんか山登りのグループよ、まあまあのところで手を打ったじゃないのって友達が冷やかすのだけど、山の上では親切だったのに、里に下りて暮らしてみたらちょっと違ったかな、という感じです」

津川さんは明るい声で笑った。

夜遅く多恵が洗濯物を畳んでいると、電話が鳴った。浩介が受話器を置いて、

「おい」

といった。

「なんですか？」

「米倉さんが死んだ」

「えっ、なんで？」

「分からん」

「入院してるって聞いてました？」

「聞いてない……」

結婚式で、テーブルに手をつき、顔を少し上向き加減にして祝辞を述べた米倉さんの姿が思い出される。

「自分は一人っ子で兄弟が欲しかった、石野君は弟のような気がして他人の結婚式とは思えない、研究所で一緒に仕事をしてきたが、彼は本当にハートナイスな男です」

と心から喜んで、挨拶をしてくれたのだ。頭脳明晰で飾り気のない人柄の米倉さんは、誰からも慕われた。運転曲線自動化の研究に没頭していたころは、家に帰るのを忘れるほど忙しかったに違いない。音楽会で会ったのは、その研究で科学技術功労者賞を受賞した年であった。東京を離れていた浩介は、その後米倉さんに会っていない。

多恵は昔を思い出して涙があふれ、食卓に顔を伏せて泣いた。米倉夫人の悲しみの深さを思うといつまでも立ち上がれず、テーブルクロスには涙で大きなにじみができた。


国鉄アパートには朝になると車が二台やって来て、総務、経理、営業、電気、施設等の各部長が相乗りして管理局へ出勤するが、運転部長の浩介は夜勤の人の引き継ぎを聞くために、一足早くバスで通勤している。

優と創が通学するとき、バス停に立っている父さんに手を挙げて、いってらっしゃいの合図をすると、父さんも手を挙げて返事をしてくれる。いつも遅く帰る父親と、ささやかなふれあいの一瞬だ。

夕方、テレビを見ていた創が大きい声で、

「お父さんがテレビに出ているよ」

と叫んだ。台所で食事の準備をしていた多恵が手を拭きながら振り返ると、浩介がアップで映っていた。

踏切の事故で謝罪しているところだった。踏切手が腹痛を起こして持ち場を離れてしまい、代わりの人を呼ばなかったため、列車の通過時刻に踏切が開いたままになっていた。

職務規程ではあり得ないことで、このようなことが二度とないように指導を徹底すると話していた。

浩介がテレビに映るときにいいことはない。事故で謝っているときばっかりで、周りの人からは「事故屋さん」と呼ばれることもある。弁舌さわやかではないが、実直で我慢強い夫のような人でなければ務まらない仕事だと多恵は思っている。


優はアマチュア無線の資格を取るために、教本を取り寄せ勉強していた。電波監理局は熊本にあり、試験には一人で行くつもりだ。まったく知らない土地だから多恵は心配したが、優は平気だった。母さんと一緒でもそうでなくても、自分は大丈夫だと思った。

少し前に東京の有名私立中学校の入試問題集を勉強していて、解けない問題を多恵に聞いたことがある。

「どれどれ」

多恵は算数の問題を解き始めたが、それを見ていた優は途中でさえぎっていった。

「ああ、お母さん、それはだめなんだよ」

自分もそのやり方でやってみたが、それでは解けないことが分かっていたのだ。それ以後、母さんは勉強の相談相手にはならないと思い、二人の関係が微妙に変わって、優は少しずつ大人びてきた。

熊本に行くには乗り換えがあるので、試験の会場まで間違いなく行けるように、浩介は熊本に住む知人の山口さんに電波監理局へ案内してくれるように頼んだ。

アマチュア無線の試験が終わって外に出ると、帰ったと思っていた山口さんが待っていた。休日だから久しぶりに喫茶店でお茶を飲んでいたという。

「テストはどうだった?」

「なんとかできました」

優が答えると山口さんは笑いながら、

「そうかねえ、アマチュア無線ってそんなに簡単か?」

といった。

「少し熊本を観ていかないか、案内してあげるよ」

「いえ、今日は帰ります、どうもありがとうございました」

帰りの電車の中で試験の問題を思い返して、たぶんできたはずだと思っている。熊本で会った初対面の人とも話ができたのは、転校ばかり繰り返しているおかげかもしれないと優は思った。

アパートに住む主婦が集まって、山口方面に小旅行を計画した。日本海側の漁村に近いテニスコートでゲームをしたあと、新鮮な魚料理を食べて帰るコースである。

運転の腕を上げて遠出ができるようになった多恵も、マイカーで参加することにした。助手席には学生時代から車を運転しているベテランの本田さんが乗ってくれることになって、ときどき適切なアドバイスをしてくれたので、初心者マークの多恵は大いに助けられた。

誰が考えたのか、五台の車を連ねて、アンテナにピンクのリボンを結んで走った。多恵の車は前から三番目である。道路状況はよく、混雑もないので自信を持った。

免許を持ったおかげで三人の子どもを連れてどこへでも出かけられるようになり、多恵は少しずつ元気になった。

秋になると大分の国東《くにさき》半島へ一泊旅行を計画して、多恵はますます張り切っている。

「僕たちのお父さんと一緒に大分に行くんだよ」

車でおでかけ（真）

真はうれしくて、本田さんに話した。

「僕たちのお父さんって言い方がいいわね、真ちゃんたち兄弟皆がお父さん大好きで、大切に思っているのがよく分かるわよ」

本田さんは感心したようにいった。

浩介は仕事が終わり次第、大分に来て合流することになっている。

三人の息子を乗せて多恵が国東半島へ至る国道の長い坂道を走っていると、大粒の雨が降り出した。天候が急変するところらしく、風も激しくなって前方が見えないほどのどしゃ降りである。ワイパーがはじく水も滝のように流れた。

「わあ、大変だ」

タイヤが横滑りをするほど、上り坂の道から水が流れてきた。多恵がゆっくり車を進めていると、いきなりクラクションが鳴った。ルームミラーを見ると後方は車の列が続いている。渋滞の原因を多恵がつくっていたのだ。

坂道を上り切ったところで車を止めて後続の車列をやり過ごし、一息ついた。創と真は退屈して、運転席のシートを後ろから蹴飛ばして暴れている。

「あなたたち、静かにしなさい」

「お母さん、今日はウルトラの母が出る日だよ、早く帰ってテレビが見たい」

「何いってるの、テレビより国東半島のほうがすてきよ、めったに来られないでしょ」

三十分もするといつの間にか晴れ間が覗き、快晴になった。車に閉じ込められて一時はどうなることかと心配したが、洗い流された木々の緑は美しく輝いて、快適な行楽日和になった。

夜遅く仕事を終えた浩介がやってきて、次の日、皆一緒に石仏のある場所や縄文人が住んでいた丘の上に行った。人間が一人入れるくらいの穴があり、これが住居跡だと表示してある。

優は早速、穴に入ってうずくまってみた。なんとも気持ちのよい空間で、大昔の人間はこの寝室でぐっすり眠れただろうと思われる。多恵も試しに穴に入ってみた。穴の曲線が体を包み込むように優しく、安心感をもたらした。

大昔の人間が自然と一体になり、気持ちのよい中で暮らしていたことを考えると、土にかえるというのは恐ろしいことでもないようだ、と多恵は思った。


二回目の八月がやってきた。国鉄アパートにいる二十数人の子どもたちが、花火大会をするために係を決めている。創も買い物係になって友達三人とバスで、駅近くの商店街へ行くことになった。一人百五十円ずつ出し合ったお金を四人が預かり、停留所でバスを待っていると、真が追いかけてきた。

「僕も一緒に連れて行ってよ」

「お前はだめだよ、帰って待っていなさい」

「花火を買いに行きたいんだよ」

言い出したら聞かない真をもてあまして、創がいった。

「バス代がかかるから花火を買うお金が減ってしまうだろ、どうしても行きたいのなら幼稚園生で乗れ」

「ぼくは小学生だ、嘘はいけないんだよ、正直なきこりに金と銀の斧の本、読んでいるんだぞ」

バス停で動こうとしない真に根負けして、四人は真を一緒に連れて行った。

アパート前の広場に子どもたちが花火をするために集まってきた。薄暗くなるとその親たちも加わって、賑やかなおしゃべりの輪ができた。

ろうそくの火を次々に花火に点火して、子どもたちは歓声を上げている。多恵は水を入れたバケツのそばに立って見ていた。

「男の子三人は大変でしょう?」

四月に東京から引っ越してきた森さんが近づいて話しかけた。

「泥だらけの洗濯物が多くて、よく落ちないのよね」

「白い靴下はきれいになりませんね」

「洗濯物を干しても色気のないパンツばっかりで」

大笑いしたあと森さんがいった。

「三番目の坊ちゃんが生まれたとき、会社の誰かさんが、ざまあみろ、といったんですってね」

「いいえ、知りません、初めて聞いたわ」

「そうなの？　そういったんですって」

多恵は真が生まれたとき、また男の子かと姉さんが笑った話を思い出した。子どもの誕生はそれだけで賑やかなものだから、周りの者がいろいろと冷やかすのである。親しい間柄は遠慮がないから、なおさら思ったままを口にする。

けれど夫の職場で、他人の子どものことなど気にする人はいないし、話題になることもないはずだと多恵は思った。

数日後、疑問に思っていたことを夫に尋ねてみた。

「真が生まれたとき、誰かさんにざまあみろっていわれた？　それ、米倉さんがいったのかしら？」

「うん、そんなことがあったな」

「それであなたはなんていったの？」

「おれは、米倉さんの前で子どもの話をしたことは一度もないぞ、っていったんだ」

真が生まれたとき、浩介は運転局の計画課にいた。技術開発を担当していた米倉さんとは顔を合わすこともあったのだ。

その当時、東京文化会館で行われた音楽会で、偶然米倉夫妻を見かけて多恵が声をかけたとき、米倉さんと浩介は立ち止まったまま、お互いを見ていて二人の距離がなかなか縮まらなかった。夫を促すようにして米倉さんの前まで歩いて行ったことが、心の片隅に引っかかり、疑問となって多恵の記憶に残っていたのである。

仕事のことで何があったのかと多恵は思ったが、お互いにばつの悪いような不思議な雰囲気だったのだ。

米倉さんは立ち話をするのが辛そうに、椅子を探すと腰かけていった。

「子どもを育てたことがないものだから、常識がないんだよ」

その言葉にようやく合点がいった。それはお詫びの言葉だったのだと多恵は思い当たった。

ざまあみろ、といったのは少々荒っぽい言い方ではあるが、自分のところに子どもがいない寂しさをいってみたかったのだろう。米倉さんと夫が、そんなことで気まずい間柄になっていたと

したら、コンサートで会ったときに、

「常識がないなんてそんなことはありませんよ、私の姉も面白がって大笑いしたのですから」

多恵はそんなふうにいったはずである。

米倉さんは国鉄の近代化を推進するため、多くの期待を背負って技術開発に携わっていた。博多から門司鉄道管理局へ来て五年の間、本社勤務がなかった浩介は、米倉さんのその後を知らなかった。コンサートで会った日の不思議な雰囲気を思い出して、多恵はまた涙を流したのだった。


真は小学校一年生になり、相変わらずいたずらも激しく、庭木に立ち小便をしたり急な坂道を転がって遊んだりして、多恵を困らせている。女の子二人を育てている人がいった。

「男の子がマザーコンプレックスになるのは分かる気がするわ、子どものころ、これだけ母親を困らせているんだもの、大きくなって申し訳なかったと思うのは当たり前だわね」

世間話をしながら、多恵は子どもたちをこれ以上転校させたくないと考えていた。息子たちにとって自分の故郷がどこなのか、もうそろそろ定めてもよいのではないかと思い、人事異動があっても家族は転居しなくても済むように、千葉に家を建てる準備を始めた。

第7章　役割分担でそれぞれが多忙

——昭和56（1981）年　柏編Ⅰ

四月に浩介が本社に異動になった。優が中学二年生になり、この先転校をするわけにもいかないので千葉に家を建てる段取りになっていたが、工期が延びて引っ越しは五月の連休にずれ込んだ。

浩介が東京に行って新しい職場での生活が始まっているのに、家族は一カ月も取り残された。今の宿舎に入る後任の家族も、新学期を迎えて困っているだろうと、多恵は中途半端な落ち着かない日々を過ごした。

門司小学校の修学旅行は、六年生になるとすぐ四月の初めに阿蘇連山に行くことになっている。創はこの修学旅行に思いがけず参加できることになった。

「皆と一緒に修学旅行に行けてうれしいな、引っ越しが遅れてラッキーだ」

「そんなに、はしゃがないでよ、うれしくない人もいるんだからね」

やがて家が完成して、門司港清見の国鉄宿舎を離れることになった。

三人の男の子が走り回るので階下の住人には迷惑をかけ、どこへ行っても謝ってばかりいたが、これで多恵の気苦労がなくなった。

新居は国鉄の最寄り駅から私鉄に乗り換えて三つ目の駅で降り、そこから徒歩で二十五分ほど離れた場所にある。

不便ながらも、ともかく我が家と呼べるものができて、真は小学二年生で転校した。

多恵は朝早く優のお弁当を作ってから、最寄りの駅まで浩介を車で送る。駅へ向かう道は歩道が整備されていない上、自転車通勤が多くて、事故を起こさぬように細心の注意が必要だった。夫を送ったあとは一仕事終わったという感じで、休息を取らなければ次の家事が始められない。帰りも、深夜になる浩介を待って、お風呂にも入らずに電話を待つようになった。いつでも運転手が務まるように、来客でお酒を飲む機会があってもいっさい口にせず、夫の定年まで続けるつもりでいる。

優が転校した中学校は、家から三十分離れたところにあった。宅地化がそれぞれに進んで、畑の中に新興住宅地が混在していた。道路が計画的に造られたわけではなく、通学路は入り組んでいる。初めて登校した帰り道、目標になるものがなかったために自分の勘を頼りに歩いて、とんでもない方向へ行ってしまった。平行に走っていると思われた道は、歩くにつれて角度を広げていたらしい。行けども行けども、左折する道がなくて家からは遠ざかるばかり、大通りに出たところでタクシーに乗って帰ってきた。家に帰り着くと多恵があきれた顔をして出てきたが、優はタクシーが見つかっただけでも上出来だと思っている。

転校してすぐ学校の先生に、

「お父さんはどこの駅に勤めているのですか」

と聞かれた。

「これで三度目だよ、他の先生も聞いた、友達にも聞かれた」

潔癖な年ごろの優は浮かぬ顔をして、

「いつも同じことを聞かれるんだ、親の職業で子どもの何を調べるのかな」

といった。

次男の創は転校した最初の日に、クラスメートから「九州から来た田舎者」といわれたのがショックだった。

「お母さん、九州のほうがよほど都会なのに、この辺の人は知らないみたいだね」

「九州はずっと遠いから田舎だと思ったのでしょうね、門司はレンガ造りの立派な建物が多いし、アインシュタインが宿泊したところもあるのにね」

この地でも住宅が次々と建ち始めて、マンションの建設が進んでいた。常磐線より海側にある総武線では、津田沼から先の千葉まで複々線になり、住宅地が延びて東京への通勤圏がさらに広がっている。

引っ越してきて初めての夏休み、上野の国立科学博物館では、中国の恐竜展が開催されている。創は新聞広告を見ていった。

「面白そうだね、行ってみたいなあ」

「上野なら一人で行けそうだね」

それを聞いていた真が、いつものように末っ子の本領を発揮していった。

「ぼくも一緒に行く」

多恵は考えて、二人だけで行かせることにした。

「二人だけで行くのだから、気をつけて電車に乗るのよ」

六年生の創は、弟を連れて電車に乗るのは初めてだ。

「はぐれないように、しっかりついて来いよ」

都会の人込みにもまれながら念願の国立科学博物館に着くと、爬虫類や魚竜類の化石が並べられ、恐竜の骨が展示されてあった。マメンチサウルスと表示されている骨格は、全長二十二メートルの大きさである。二人は興奮して、

「すっげえ」

「これ本物だよね」

といいながら、長い首の先にある小さな頭を見上げた。創はマンモスにも詳しくて、ソ連科学アカデミーのコレクションも見ている。小さいときからテレビドラマの怪獣が好きで、実在する動物がモデルになっていることもよく知っていた。

「もう少しゆっくり見せてよ」

二人はいくつもの恐竜の骨を首が痛くなるほど見上げ、古代生物への興味は充分満たされた。

帰りの上野駅で、二人はどの電車に乗るのかしばらく迷っていた。教えられていた電車の色と違う電車がホームに止まっている。路線図によれば確かにこれでよいと思えるのだが、今まで見たことがない電車で、乗ってよいものかどうか自信がない。

「イチかバチか乗ってみよう」

真がいった。

創は恐竜の図録を買って、帰りの電車で読むつもりだったが、乗り過ごさないようにずっと気をつけていなければならなかった。

「お母さん、帰りの電車は色が違うので、乗っていいかどうか迷ってしまったよ」

「ああ、遠距離の電車だったのね、でも通過駅ではないから、どの電車でもいいのよ」

「こいつ、イチかバチか乗ってみようなんていうんだぜ」

「どこでそんな言葉を覚えたのだろうね、テレビの見過ぎかな」

一応責任者の兄としては、乗ったけれど違ったでは済まないのである。

創は弟に振り回され、博物館で標本を見ていても離れ離れにならないように、気が抜けなかった。弟と一緒に行ってどんなに大変だったか、夕食時の話題になり、それを聞いた浩介が、

「そりゃあ、気の毒だったね、ごくろうさん」

といった。

昭和五十八（一九八三）年三月、長男の優が高校に合格したのを祝って、デパートの最上階にある「回るレストラン」で食事をすることにした。一時間かけて一回転するので、市内の様子がよく分かる場所である。久しぶりに一家そろって食事をすることになり、テーブルでメニューを見ながら注文をしていると、浩介のポケットベルが鳴った。近くの赤電話をかけて戻ってくると、席に座らず立ったまま、

「事故があった、食事は四人で済ませてくれ」

と慌ただしく丸の内の本社に向かった。

「いってらっしゃい」

優は慣れた様子でそういったが、合格祝いがいつものように多恵と四人だけの食事になってしまった。

踏切事故や小規模な脱線などは各鉄道管理局内で扱っているが、本社運転局に連絡が入るということは、この時節、なお一層の安全を目指しているのだ。鳴って欲しくないポケットベルだけれど、浩介には必需品なのである。

次の日の新聞記事で脱線事故が報じられていた。

運転士が赤信号を見落とさないように確認するために、ＡＴＳ（自動列車停止装置）が設置されている。昭和四十一（一九六六）年から在来線の全路線に実施されるようになったが、事故は思いもよらないとき、人間の隙をついて起こるのである。

その後も改良型が開発されてスピードを制御するＡＴＳになってきたが、人間と機械の関係は計り知れないほど複雑で厄介な問題を抱えていると、人間工学の専門家が自身の著書で述べていた。

列車の運転を完全に自動化するためのシステムとしては、ＡＴＯ（自動列車運転装置）がある。無人でも走行する装置であるが、ＡＴＯと新幹線に使用しているＡＴＣは、それぞれ目的とするものが違って、別々に開発されてきたようである。

国鉄の近郊電車と地下鉄が相互に乗り入れするようになり、昭和四十六（一九七一）年には常磐線にＡＴＣが設置された。それから次々と通勤電車にも導入されて、ブレーキ操作の自動化は年ごとに進展し、在来線の安全輸送をさらに強化している。

日曜日や休日の朝九時になると、浩介の職場から運転状況を知らせる電話が入る。前日、深夜まで起きていることがあっても、朝寝坊する楽しみはない。行楽に出かけるにも、ポケットベルが届かないところには出かけられない、すぐに駆けつけられる距離にいたいという夫を見て多恵は冷淡だった。

「きっと仕事依存症なのね」

浩介は技術者だから列車の安全運行に全力をもって集中する役目で、他のことに目を向ける余裕はない。大きな組織はそれぞれが自分の力を出し合って、巨大な仕事を推進していくものだ。それこそが集団の力であり、集中力の賜物である。けれど、組織に所属して大きな仕事を皆で担うこととは裏腹に、一方では歯車の一つになることでもある。集中する度合いが深く長いほど、バランスが悪くなって自然体に戻るのに時間がかかると、多恵は思っていた。組織から離れた歯車が一つ残っている光景を思い浮かべれば、多恵の心配もまったく見当外れのものではないだろう。

浩介の帰宅は夜中の十二時過ぎ、乗り換え駅に着いてから公衆電話で、

「乗り換えは何時何分発になるから頼みます」

と連絡が入る。到着時間に合わせて私鉄の駅に迎えに行くのだ。

あるとき、多恵はいつものように駅前で待っていたが、いつまで経っても夫は降りてこない。電車の中で訳も分からず三十分が経った。心細くなったころ浩介がタクシーで現れた。電車の中で寝過ごして隣の駅に行ってしまい、タクシーで戻ってきたのだ。直接家に帰ってしまったほうが早いのだが、連絡方法がないと、こんな面倒なことが起きてしまう。

先日は夜中に帰ってきて玄関に入ったとたん、電話が鳴った。靴も脱がずにそのまま職場に引き返すことになり、最終電車に間に合うように国鉄の駅まで多恵が送って行った。夜中の幹線道路は、タクシーがまるでカーレースのようなスピードで走っている。やっとの思いで家に戻ってきて、そのまま緊張が解けず眠れぬまま朝を迎えた。

「真夜中の運転はもうこりごりです、これからはどんなに待たされてもタクシーを呼んでくださいね」

と夫にいった。

この夏は週末になると、なぜか台風が上陸した。被害が起きそうな暴風雨の予報が出て、テレ

ビを見ていた浩介は出かける準備を始めている。

「本社まで行ってくるよ」

「あなたが行ったって、台風が避けてくれるわけでもないでしょう」

「いや、もし電車が止まっても、できるだけ早く復旧させることが大事だからね」

本社にいれば現場の動きはすぐに分かり、家で心配しているよりも浩介自身ずっと楽なのだ。

人影のない通りを駅まで車を走らせると、商店街はシャッターが閉まり、街路樹は大きく揺れて木の葉が吹き飛ばされて舞い上がっていた。ホームに入ってきた電車から数人が降り立ち、急ぎ足で傘を傾けて帰って行く。これから台風の直撃があるというとき、浩介は嵐の中を出かけて行った。

新幹線はこの年のお盆輸送では、地震やパンタグラフの故障が重なり運休や遅延で大混乱した。鉄道に限らず、人の休んでいるときに働く人は他にも大勢いる。

高度経済成長を支えた商社、銀行、建設会社などの社員も、定年退職を待たずに命を縮めて、A社とB社のどちらが早く死ぬか競っている、というような不謹慎な噂もあった。それぞれが大きな組織の中で自分の持ち場を守り、皆で社会を支えているのだ。

真が小学校三年生になったとき、保護者面談で担任の先生が、

「顔に似合わず、野性的ですね」

といった。

色白で優しそうな外見に似合わず、やんちゃでわがままなのを好意的にいってくれたのである。

多恵は傍若無人な真のことを心配して、大人の社会を少し見せておきたいと考えた。父親不在で怖いものなしの末っ子に、父が働いているところを見せれば少しはおとなしくなるだろうと、春休みになったとき夫に相談したが、

「職場に子どもが来るなんて冗談じゃない」

と受け付けない。

それでも子どものことになるとあとに引かない多恵に根負けして、しぶしぶ承諾した。浩介の予定を聞き出して、邪魔にならないような日時を選んで、真を連れて行くことにした。

東京駅から電話をかけて国鉄本社前に行くと、浩介がエレベーターから降りて玄関に出てきた。真を連れて建物の中に入っていくのを見送って、多恵は外で待った。夫が真と手をつないで歩くのを見たのは初めてだった。

ロボット（真）

ビルの上層階に上がった真の目に、ガラス窓の下に広がる新幹線ホームが飛び込んできた。大きなホームが一目で見渡せて、大阪方面へ向かって出発したひかり号も見えた。

浩介の机には、テレビとコンピューターのモニターが二台並んでいる。

ガラス張りの向こう側では職員がてきぱきと働いていた。真はＣＴＣの表示板があるのかと思って見渡したが、それは別の場所にあるのだった。写真で見たＣＴＣには集中制御盤と集中表示盤があって、各種の指令を行っているが、浩介はそこまで見学することを許してはくれなかった。

職員が真剣な顔をして机に向かい、きびきびと働いて緊張感のある張り詰めた空気は、小学校三年生にも伝わってくる。

「おとながすごく怖い顔をしている」

その姿が強く印象に残り、父さんも家にいるときとはぜんぜん違って怖い人のように見えた。

「お茶にしますか、ジュースにしますか」

入ってきた職員に聞かれて、

「ジュースにします」

といった。

真がジュースを飲み終わると浩介は、

「さあ、もういいかな」

と立ち上がった。浩介は自分の机の周りだけを見せて、早々に帰ってもらおうと思っていた。行政側に「危機管理室」が発足して、テロへの警戒も厳重になっている。部外者が長居をする場所ではないのだ。

真は来たときとはまったく違う謙虚な気持ちで、父さんと手をつないでエレベーターから降りた。それから浩介のほうに向き直り、体を九十度に曲げて深々とお辞儀をした。

「ありがとうございました、さようなら」

丸の内から八重洲に向かう通路では、緊張のために上気した顔で、右手と右足が一緒に出てしまうような歩き方をしている。その様子を見て、多恵は笑いながら聞いた。

「どうだった？」

「おとながみんな、真剣な顔で仕事をしていたよ、体を真っ直ぐにしてさっさっと動いていた、すごく真剣なの」

真があまりにも礼儀正しく、今までにない素直な態度だったので、

「どうだ、参ったか」

といいたかったが、目論見通りショック療法が効いたように思えて、多恵は充分満足したのだ。

浩介はこのところ、一年おきに運転局と新幹線総局の職場を行ったり来たりしている。事故が多く、昼夜を問わず仕事をしているような状態だった。

通勤・通学客が増え続けている駅で、女子高生が押されて鎖骨を折る事故が起きた。浩介は労働省の委員会に呼ばれて、ホームの拡張や列車増発の必要性を問われ、それが新聞記事になった。

創は、

「本当にすごいんだよ、ホームで押されると、行き場がないから人が左右にゆれるのさ、知ってる?」

といった。浩介は黙って聞いていた。乗客の転落事故や踏切事故、自然災害、架線事故、脱線などによる輸送障害に、気の休まるときはなかった。

夕食の準備どき、遠くのほうから救急車のサイレンの音が近づいてくる。その十数分後に電話が鳴った。

「お宅の息子さんが交通事故で病院に運ばれたから、急いで病院へ行ってください」

同じ町内の酒屋の主人が早口でいった。学校から帰った次男の創が、一時間ぐらい前に自転車で出かけている。

「あの救急車がそうだったのか」

いやな予感が的中した。救急車のサイレンが気になっていたのだ。落ち着いて、落ち着いてと、多恵は自分に言い聞かせて健康保険証を取り出した。

車のエンジンをかける手が震えているが頭は意外と冷静で、いつもより慎重な運転で病院へ向かった。

創はベッドの上で目を開けていた。外傷はなく多恵が話しかけるとはっきり答え、意識も明瞭である。

「どこか痛いところはないの？」

「痛くないけど起き上がれない、首が上がらないんだ」

仰向けになったまま、青い顔をしてじっとしている。医師が説明に来ていった。

「首が動かない、問題は頭ですね」

「頭の中に何か異変があるということですか？」

「分かりません」

浩介に電話をして創の様子を知らせると、「命が危ないのか、重症なのか」と矢継ぎ早に質問が返ってきた。多恵は医師のいった言葉をそのまま話し、とりあえず容体は安定していると伝えた。

自転車に乗って横道から出たところを、酒屋の配達の車にはねられ、引きずられたのだ。本人に聞いてもその間のことは記憶がない。嘔吐はなく外傷もないので、検査の結果を待つより仕方がなかったが、医師がどのような検査をしているか説明はなかった。

夜七時過ぎに学校の先生が心配して訪ねてくれたときは、夫がまだ帰っていなかったので、多恵はなおさら辛い思いをした。

夜遅く消灯後に浩介が病院に来て、忍び足で創の顔を見た。この部屋には救急車で運ばれた患者が四人入院している。

昼間、多恵は中年の女性に、

「どこが悪いのですか」

と聞いた。

「交通事故で額にけがをして運ばれました」

「おでこの傷以外も悪いところはあるのですか?」

「いいえ」

入院して一週間になるが、ずっと寝ているといって、絆創膏が貼ってある額を見せてくれた。多恵はその小さな絆創膏を見て不思議に思った。

「本当にこれだけで入院しているの？」

「ええ、もうなんともないから家に帰りたいわよ」

創の状態について、病院の院長は、

「問題は頭ですね」

といっておきながら何の処置もしていないのを不審に思っていたから、多恵の疑問はますます深まった。悩んだ末、東京の大学病院に転院させる決意をした。訳が分からないまま入院が長引くことを避けたかったのだ。

入院してから二日目の早朝五時ごろに、浩介の運転する車で東京へ向かった。後ろの座席を倒して寝かせられるタイプで、スマートさに欠ける車だが、こんなときは便利でありがたい。

転院した病院ではすぐに全身の検査をして、左の鎖骨骨折だけで他に悪いところはないとの診断が出た。数日入院して様子を見てから退院できるだろうといわれた。退院後に後遺症が出たとしても、その時点で治療できるから大丈夫と医者がいった。

多恵は東京の大混雑の中を初めて一人で運転して帰途に就き、安堵の胸をなでおろした。

かつて自動車にわざとぶつかり保険金を騙し取る事件が発覚して、「当たり屋」と報道された事件があった。保険金をめぐって新手の事件が頻発している。

「転院してくれて助かりました、あそこの病院は入ったらなかなか出られない、困ったなあと思っていました」

保険会社の人は、交通事故を起こした運転手に安心したようにいった。多恵はその話をあとで酒屋から聞いたのだが、幸い後遺症もなく、退院して学校へ通い始めた。土曜日の午後、浩介と一緒に学校へお見舞いのお礼と報告に出かけると、

「交通事故で鎖骨骨折だけで済んだのは、運がよかったですね」

学校の先生が慰めてくれた。

優の通っている高校の名簿には親の職業欄がある。優はそれに国鉄職員と書いていたが、同じ校区内に住んでいる浩介と同僚の娘さんは、親の職業を国家公務員と記してあった。優と同じ学年なので多恵は気がついていたのだが、思い当たることがあった。

ここ数年は、国鉄職員というだけで世間からの風当たりが強いのだ。多発する運行トラブル、労働組合のサボタージュやサービスの悪さ、新聞には〝ブラ勤〟という言葉まで登場し、国鉄へ

の不満は日を追うごとに強くなっている。これほど悪い評判が定着してくると、

「親の職業は国鉄職員です」

と胸を張っていえるものではない。多恵は口にするのもやりきれないような侮辱を受けたこともあり、社会からこれほど蔑まれているのかと情けない思いでいっぱいだった。

悪評高い国鉄を変えなければならないと社会一般の関心が高まって、新聞もテレビも分割民営を唱え始めている。昭和五十八（一九八三）年には国鉄改革のための審議会がスタートしていた。国鉄事業を効率的な経営にするために、「日本国有鉄道再建監理委員会」（国鉄再建監理委員会）が発足して検討されているのである。

国鉄本社ではこれからどうすればよいか各自レポートを提出し、勉強会が何度となく開かれている。浩介も技術者としての見解を述べた。浩介はレールが途中で複数の会社線につながっていくことについては複雑な思いがあったが、勉強会を重ねるうちに少しずつ考え方が変わったようである。

改革を進めるため、これまでの国鉄総裁が更迭されて新しい総裁が登場したが、国鉄内の現状維持派を説得できない、変えられないとして、昭和六十（一九八五）年の六月にはまた総裁が代わった。政府、財界、学会、労働組合がさまざまな意見を述べる中、八月には国鉄再建監理委員

会の意見書が発行された。

『国鉄改革――鉄道の未来を拓くために』

という本には、国鉄を再生するために民営にしていくつかに分割するという答申が出されて、大きな改革の流れは決定したのだった。

第8章　国鉄が変わる

――昭和60（1985）年　柏編Ⅱ

新会社に移行する期限があと二年後に迫ってくる中で、国鉄本社内では人事異動が頻繁に行われていた。浩介は、本社列車課長から東北・上越新幹線運行本部長に転出した。

「お父さん、新幹線で大事故があったら辞めなければいけないね」

「そうだよ、でも、おれが辞めるときは総裁だって同じさ、皆辞めなければいけないよ」

「へえ、親父は根性あるなあ」

と創は目を丸くしていった。

国鉄は民営化されることに決まったが、この先、浩介がどうなるのか具体的なことはまったく分からない。

多恵は育ち盛りの子どもを三人抱えて、失業したらどうするのか心配していた。長年主婦業で暮らしてきたが、いよいよとなれば自分も働いて家計を助けようと思っている。

社会復帰のためにはそれなりの準備をしなければならない。毎日決まった時間に家を出て仕事をしてみようと考えて、求人案内に目を通して調べ始めた。

外に出て働く気になったもう一つの理由がある。三男の真が反抗期で、多恵とはいつも衝突している。黙っていればいいのだが、真の無計画な生活態度が目にあまり、どうしても過干渉になって口うるさく注意するので、真と多恵との関係は険悪な状態になっていた。

多恵の言い分は「それでは社会に出て通用しない」というものだが、二人はお互いに自分のやり方を通そうとしている。

子育ては先の長い仕事だから、子どもが大きくなったとき、親のいったことに思い当たればよいのだと多恵は考えている。今は分からなくても、少しずつ言い聞かせておかなければならない。夫は仕事で忙しいから自分がその代わりをしているつもりなので、なおさら頑固なのだ。

多恵は自分自身が実社会に出て働いている姿を見せなければ説得力がないと考えて、真との膠《こう》着《ちゃく》した状態を変えたいと思った。

新聞に入っている求人案内や行政の広報紙に目を通していると、近くの養護施設で非常勤の職員を募集している記事があった。早速十カ月の契約で、未就学の肢体不自由児部門に勤めることになった。朝、子どもたちのお弁当を作ってから、浩介を駅まで送り、それからマイカーで養護施設まで出勤する。

若いころ肢体不自由児や知的障害者の施設を訪れたことはあったが、それは勉強のためであって、勤めたことはなかった。子どもを育てたことが幸いしてか、重複した障害を持つ子どもたちともすぐに仲良くなった。

職員の言葉遣いがいわゆる若者ことばで早口なのには少々驚いたが、元気のいい人たちのきびきびした動作が新鮮だった。

健康なら幼稚園に通う子どもたちであるが、自立の訓練のために親が付き添って通ってくる施設だ。二人の職員が一クラスを担当して、多恵が受け持ったクラスは年少組である。体が不自由で、自閉症や、ダウン症などの知的障害を併せ持つ子どももいた。嚥下《えんげ》困難などの重篤な障害を持つ子どもも、親に連れられて来ていた。非常勤である多恵の勤務時間は八時半から三時まであるが、園児たちの記録をつけるため日誌などを家に持ち帰るので、非常勤とはいえ大幅に時間がかかる仕事だった。ともかく十カ月は勤めることに決めている。言葉がしゃべれず何も反応しないように見える子どもも、一緒に遊んであげると多恵の声を聞き分けて、うれしそうに口をあけて喜んだ。

ボールプールや体のバランスを取る器具で体を動かし、身体の機能を向上させるのが日課で、自立には至らないと思われる子どもの若い親たちも、この施設に来ているときは皆明るくて、多恵は学ぶことのほうが多かった。こうなるまでにはたくさんの涙を流したことだろうと、心が痛んだ。不自由な手足を伸ばして、筋肉を屈伸させる運動を手助けしているとき、若いお母さんがいった。

「先生は、お子さん何人いるのですか?」

「三人いるの、子どもを相手によく喧嘩をしています」

「そうですか、私も一度でいいから親子喧嘩がしてみたいわ」

多恵はそれを聞いて息を呑み、何といってよいか分からない。自分の息子たちに、もっともっと、と願望を押しつけていることに気がついたのだ。


優は大学の志望校がまだ決まらずに毎日悩んでいた。国鉄は再来年の四月には分割民営化が決まって、職員も大幅に減ることになる。父さんの年齢は微妙なところで、八〜九割が他に仕事を見つけなければならないらしい。親が失業するかもしれず、絶対に浪人はできないと思った。自分自身が現役で入れる力をつけなければならないのだから、親に相談もしなかった。

「お兄さん、志望校はもう決めたの？」

「うーん、どっちにするか迷っている」

「兄貴は国語が苦手だからな」

「傾斜配点に希望を託すか……、もう少し考えてみようと思っているんだ」

夏休みの昼食時に、兄弟が顔を寄せ合って話をしている。多恵がソーメンをゆでて、庭のミョウガを薬味にしてテーブルに並べると、

「受験生の兄貴にミョウガを食わせるなんて、お母さんもいい度胸だネ」

と落語のレコードを聞くこともある真がいった。多恵はやり込められて、お腹を抱えて笑ったあと、急にしょげ返っていた。

受験生にとっては正念場の夏休み、一日中部屋に閉じこもって勉強しているので、優はテレビのニュースも見ていない。

夕食の時間、テーブルについて日航機墜落のニュースを初めて知った。テレビに映し出される事故の様子にショックを受けて、

「こんなに大きな事故があったなんて知らなかった……」

とテレビから目を離さずにいった。輸送の事故は優にとっても他人事ではないのだ。


翌年三月、優は大学に受かり進学が決まった。多恵はほっとしたが、もう一つの気がかりがある。夫の仕事がどうなるのかはまったく知らされていないので、養護施設の契約を更新するべきか、迷っていた。

結局続けることにしたのは、施設の子どもたちが多恵に慣れて仕事がしやすくなり、運動会や遠足なども二回目になって、若いお母さんたちと交流する時間が楽しくなったからでもある。

そしてさらに一年が過ぎた三月下旬、夜中の最終ラジオニュースのアナウンサーが、

「ＪＲ各社の役員が決まりました」

といったあと、時報が鳴り放送が終了した。いろいろ気をもんでいたが、そのニュースを多恵はベッドの中で他人事のように聞いた。

次の日、目が覚めるとすぐに新聞を取りに行った。国鉄アパートでお付き合いのあった人たちの消息を知るために多恵が新聞を広げると、トップ面に「国鉄新会社の役員決まる」との囲み記事があった。

北から順に各社の役員の名前があり、ＪＲ東日本のところに浩介の名前と国鉄時代の役職があった。まったく思いもよらないことだった。急いで寝ている夫を揺り起こしていった。

「あなたの名前が出ています」

「ああそうかね」

そういってまた眠ってしまった。

それから優の部屋を開けて、

「お父さんが取締役になったよ」

といった。優は、

「へえ、かっこいいね」

と寝ぼけたような声でいった。

多恵は仕事に出かけてから、職場でもうれしさを隠すのに苦労した。時間があるとしゃべってしまいそうになるので、園児が登園する前に庭に出て一人きりになり、雑草をむしって掃除をした。園児たちが遊んでいるカーペット敷きの教室はほこりが舞い上がる。それを吸い込んでいるためか、この数カ月は体調が優れなかったが、その辛さも消えた。

浩介の仕事については多恵がずっと気にしていたのに、実は二月十二日には新会社設立委員会の委員長名で「あなたを採用します」との通知が出ていたのである。夫は家族を安心させることもしないで、新聞に発表されるまで黙っていたのだ。

「あなたはいつもそうですね」

多恵がいうと、

「辞めるなといわれたから、発表があるまで待っていただけだ」

といった。混乱期の中で自発的に辞めていく人もいたが、この一年の間に浩介が転職を勧めた職員もいた。いずれ自分も辞めることになるかもしれないと思いながら、それでも列車は毎日走り続けていて、自分のことを心配している暇はなかった。

新聞に自分の名前が載っていても、家族と一緒に喜んで祝杯を挙げる気分ではない。すでに管理局長以上の役職に就いている人は退職して、国鉄時代の責任を取る形になった。新しい年金制度では、既得権を主張することもなく、国鉄職員はそれを受け入れたのである。

その日の夜、お赤飯を炊いてお祝いをした。浩介がまだ帰っていない夕食のテーブルで優がいった。

「あんなに働かないと重役になれないのなら、おれは、重役にならなくてもいいな」

「あら、あなたもお父さんを働き過ぎだと思っていたの？」

多恵は、優がそんなふうにいったのを初めて聞いた。

「お父さんは不平不満をいわず、仕事に全力を出し切った人だと思うわ、自分をよく知っている人なのよ、きっと」

「その仕事に適性があったってことだよね」

「仕事の虫だな、だけど親父は詰めが甘いんだな」

「そうだ、外面がいいのがどうも、ね」

浩介は人のことをあれこれいったことがないので息子たちも人の噂をしないのだが、この日は父親を肴にしていつまでも話が弾み、誰も食卓を離れなかった。

浩介はいつも仕事のことばかり考えていて、優は勉強を見てもらったこともないが、子ども心にもその責任の重大さは理解することができた。一度も父親のことを批判がましくいったことがないのもそのためだ。

けれど大学生になって自分の進路について考え始めたとき、自分はこうした生き方はしたくないと思ったのも事実だ。忙しくて自分の時間もない生活なんてとてもできない。四六時中走っている列車の動静が休日にも報告される、そんなストレスの多い仕事を父さんは長い間なぜ続けていられたのか。家族を養っていくためにはもちろん働かなくてはならないし、自分たちが安心して生活できるのもそのおかげだが、それだけではない何かがあるのだろうと、優は考えた。

かつて、浩介がコンピューター部で開発に携わっていた運転計画伝達システムが未完に終わったとき、上司は責任を取り、米倉さんはその数年後に亡くなった。そのことが浩介の心の中に鉛のように重たいものを残した。浩介はそのプロジェクトに最後まで関わっていたわけではなかったが、国有鉄道の仕事に失敗はあってはならないと考えていた人だから、相当に辛い出来事だったはずである。

苦い思いを抱えながら、輸送の安全という仕事を精一杯続けてきたのは、社会的責任というものかもしれないと、優は想像した。

国鉄がＪＲに変わる前日、一日だけの乗り放題チケットが発売された。優はそのチケットを購入して一人旅をする予定を立てた。新生ＪＲを祝い、国鉄にさよならをいうお別れの旅である。時刻表と地図を見比べて乗り継ぎを決めた。

行き先を決めた旅行ではなく、ほとんど列車の中にいることになった。真っ暗な窓の外を見ても、自分の顔がガラスに映るだけで何も見えない。

優は門司から東京へ引っ越した幼稚園生のときに、寝台車に乗ったことを思い出していた。夜中に目が覚めて窓から外を見ていると、駅の明かりがキラキラ光って迫ってくる。あっという間に通過し後方に流れ去っても、列車は暗闇を切り裂くように走り続ける。次に駅が見えてきたときには、一瞬にして通り過ぎることが予測できた。

物心がついたばかりの優が、寂しさをはっきり認識して、泣きたいような感覚を味わった最初の経験である。小学校は四校、中学校は二校に通った。

この二十年の間に、社会は驚くほどの変化を見せている。巨大な組織の国鉄が七つに分割されてJRになった。大きすぎて多様な環境の変化に対応できなかった恐竜、マメンチサウルスのように、国鉄も舞台から消えて歴史の中に名を残すのみとなった。

JRになっても浩介の仕事の内容は、今までと同じ輸送の安全を守ることに変わりはない。そして多恵は同じように車で送り迎えを続けている。

新会社になってから浩介にテレビ出演の話が三つも来た。そのうちの一つは上野駅から中継の生放送で、浩介は東北・上越新幹線の説明をしながら少し宣伝もして、楽しそうだった。他の二つは新しい経営になって、輸送の安全をどのように守っていくのか、というような専門的な番組だった。浩介も真剣な顔をして質問に答えていた。

地味な鉄道輸送の仕事に携わっている夫が事故で謝罪しているのではなく、笑顔でテレビに映っているのは、多恵にとっても気持ちのよいものだった。社員の制服も明るい色になって、これまでの沈滞した雰囲気はなくなったように見えるが、これからも安全対策は地味に確実な方法で続けられるのだ。

「お母さん、おれ、下宿したいんだけどだめかな?」

大学二年生になった優が突然いった。

「下宿しなくたって家から通えるでしょう」

「通学する時間がもったいないよ」

「一人暮らしは食事を作らなくちゃならないし大変よ」

「大丈夫だよ、簡単な料理ならできるから」

実際、中学校でカレーを作ったときにジャガイモの皮むきが器用にできて、皆に感心されたことがあった。料理をするのは苦にならないのだ。

「そうだね、お父さんに相談してごらん」

多恵は自分の影響が大きすぎるのではないかと心配したり、社会の中で育つことが優のためになるかもしれないと考えたりして、気持ちは揺れ動いた。

数日後、優は父親に話を切り出した。

「下宿したいんだけど」

父親が承諾してくれなければ一人暮らしは難しいと思っていたが、返ってきた答えは思いがけないほどあっさりしていた。

「いくらいるんだ」

優はうれしくなって多恵に伝えた。

「お父さんは話が分かる、いくらいるんだっていった、それだけだったよ」

多恵は、こんなに早く優が親元を離れるとは思っていなかったから、夫に相談させたことをちょっと後悔した。家庭内のことに関してはいつも直裁なのだ。もう少し心配したり、親身になって一人暮らしの心構えを教えてやればよいのにと、あきれている。


振り返れば、反抗期で思い通りにならない息子たちに、多恵は本気で腹を立てて怒った。今まで子犬がじゃれ合うように一緒だった息子の中の一人が、「いち抜けた」とばかりに自分が目指す世界へ飛び出して行ってしまった。それを望んでいたはずなのに、こんなにも簡単に離れるのだろうか。子どもが成長しているのにも気がつかず、自分の役割は絶対必要だと思い込んでいた、なんという不覚かと多恵は思った。大きくなった息子たちと父親の関係はさっぱりしすぎて心もとない気がするが、やがて、子どもは皆、離れていくものだと気を取り直した。

次男は学校の先生の真似をして家中を笑わせ、クラブ活動や友人の話をしていつも家の中が明るくなる。あれほどやんちゃだった三男も、修学旅行やスキーに行ったときには必ず多恵にお土産を買ってくるようになった。彼は受験勉強でこれからしばらくは苦労することになるだろうが、多恵はもうジタバタしないと決めた。

三男が大学に入ったとき、多恵は自分のやりたかったことを思い出して、美術学校のデザイン科に入学した。ここ数年は特に女子学生の就職が厳しく、大学を卒業したばかりの若い人たちが就職浪人になっている。少しでも能力を身につけるために美術学校へ入学して、就職が有利になるように勉強していた。授業では学生の作品を複数の先生が集まり批評する、合評《がっぴょう》というものがあり、辛辣な意見が出て容赦はしないが、出来がよければ誉められ、皆の前で認められた。新卒の女子学生と数人の社会人枠で構成されたクラスは活気にあふれて、多恵は年を取っていることも忘れて楽しんだ。

美術学校を卒業してから、息子が巣立って空いた部屋をアトリエに変えて、一週間に一度、近所の子どもたちに開放した。絵を描く楽しみが幼い人たちの記憶に残り、いつか思い出してくれるかもしれないと思った。

浩介はその後も、新しい仕事に熱心に取り組んでいた。

思えば結婚してからというもの、昼も夜もなく、年中、鉄道輸送のことばかり考えている生活だった。

子育てに翻弄されていたころには理解できないことも多く、夫の頭の中は仕事しかないのかと不思議に思ったものだ。

子どもたちの手が離れた今になって、浩介がそんなふうに打ち込める仕事に出会えたことは幸福なことかもしれないと、少し余裕が出てきた多恵はようやく気がついた。

夫に対するそのような共感は、二人が過ごしてきた長い年月がもたらしたものだと思えるようになったのだ。

サザンカ（多恵）

第9章

三兄弟が語る、国鉄マンの父とそれを支えた母

――優・創・真の記

長男・優

私（本文では長男・優／仮名）は昭和42（1967）年に高松で誕生した。半世紀近く経ってから両親や弟たち、そして自分の歴史を振り返るなんて思ってもみなかった。早速、思い出してみようとしたら……そりゃそうだ、高松のことなんてこれっぽっちも覚えていない。

当時の写真だけが、私にとって高松にいた唯一の証だ。とても楽しそうに写っているので楽しかったんだと思う。もちろん、父さんがストライキで吊るし上げられていた、なんてことも知らない。そして、生まれて1年で大森へ引っ越した。こんな感じで、私の幼少時代は、引っ越しだらけだったのだ。

ちなみに、再び高松の地を踏んだのは、30年もあとの旅行のときだ。新幹線で東京から岡山まで行って、瀬戸大橋線を使って高松まで来た。東京から全部鉄道で。国鉄万歳！　話が脱線、いや、国鉄職員の息子が「脱線」とかいっちゃだめだな、話を戻して「超特急」で先に進もう。

一番古い記憶は大森の国鉄アパート時代。アパート敷地の隣に京浜東北線と東海道線が走っていた。母さんが書いたように動物園で迷子になったことと、アパートの近所で父さんと散歩していてはぐれて迷子になったことを覚えている。

次は、門司。ここで幼稚園に通うようになった。カトリック系の幼稚園で、神父さん（外国人）

がとっても怖かった。何か忘れ物したときがあって、ビンタされて怒られた。運動会で父さんに肩車されて、一緒に競走に出たのも覚えている。門司も、この程度くらいしか記憶がない。あと半年で卒園というときに、高田馬場に引っ越し。半年しかないから、幼稚園に編入することなく、小学校入学まで過ごした。そう、私は幼稚園中退なのだ。同い年の子どもは午前中、幼稚園に通っているのでその間は家にいた。家にいてもっぱらテレビを見ていたのである。当然その時間帯はＮＨＫの教育番組くらいしか見る番組がなかったので、フライングして、小学校低学年向けの放送をよく見ていた。このときの蓄積が、入学してからアドバンテージとして役に立ったと思う。中退も悪くない。

このころから父さんの仕事というか、国鉄を意識し出したかもしれない。小学校に入学して世界が広くなったからだろう。高田馬場時代に知らない言葉をいっぱい覚えた。アパートの敷地内に「ブッシブ」と母さんが呼んでいたお店があった。これが「物資部」だと分かったのは、だいぶ経ってからだった。他にも、アパートには電話が2台あった。一つは、電電公社の普通の電話、もう一つは大人が「テツドーデンワ」と呼んでいた電話。だから、当然、一般家庭には電話が2台あるものだと思っていた。「テツドーカンリキョク」という言葉も覚えた。でも、父さんが国鉄で何をしているかは、結局よく分からなかった。

そんな調子で、引っ越しが何回も続き、小学校は4校、中学校は2校に通った。もともと内向的で人見知りが激しかった。どのくらい人見知りかというと、小学校低学年まで父さんにも人見知りしていたんだから、自分でも筋金入りだと思っている。だから転校はとても辛いことだった。友達を作るのに苦労した。

父さんの仕事を説明するのにも苦労した。友達や先生、友達の親などに「お父さんはどこの会社で働いているの?」と聞かれるので、「国鉄」と答えると、たいてい「どこの駅?」とか「運転士さん?」「車掌さん?」と。引っ越しすると、たいてい聞かれる質問だった。今なら丁寧に答えられるが、当時は困難を極めた。

日曜日、父さんはお昼近くまで寝ていた。当時は週休2日ではなく、土曜日も半日勤めていたから、日曜は貴重な休養日だったはずだ。でも、遊んで欲しいから、寝ているところによく弟たちとダイブしていた。自分も働くようになり、子どもを持って分かった。ひどいことをして、父さんには気の毒だったなあと思う。

父さんにはあまり叱られた記憶がない。その代わり、母さんからはよく叱られた。よく叱られるからそのうち平気になってきた。あまりしょっちゅう怒ると、インフレを起こして価値が下がるのだ。実は、自分の子どもを叱るとき、この方法を応用している。父さんにたまに叱られると、とても怖かったのを思い出して。

母さんは「教育ママ」で、小学４年生になると、毎週日曜日に塾に通わされた。日曜日に遊べないのはとても不満だったが、今思えば、教育熱心な親心なんだと思う。残念ながら、すぐには塾の効果は上がらなかった。母さんには申し訳ないと思っている。

父さんは、私がアマチュア無線の免許が取りたいといったら、教材や無線機を買ってくれた。決して安い買い物ではなかったはず。これがきっかけで、コンピュータに興味を持ち、大学でコンピュータサイエンスを学んだ。さらに幸運なことに、当時はまだ大学の研究対象であったインターネットを研究している先生と出会い、世の中に先行して、インターネットを専門とするＩＴエンジニアになった。

自分の子どもとはいえ、他人の人生に影響を与えるのだから、親の責任は重大だ。自分も親になってよく分かった。と、ここまで書いて、自分も結局、父さんと同じように「最先端技術」を扱うエンジニアになっていたんだと改めて気づいた。親の性格によらず、子どもに対する影響力は、とてつもなく大きいのだ。

少し前、両親と私の家族で東京駅・丸の内にあるレストランで食事をしたときの話、何かの拍子に「丸の内には行きたくないんだよね」と父さんがつぶやいた。理由を聞いたら「(自分が働いていた)国鉄本社がなくなっちゃったから」と。今、そこは大型複合商業施設になっている。私も働く身だから、自分が活躍していた場所や組織がなくなるということが、どれほど残念なのか分かる。でも物理的なモノがなくなっても技術はずっと生きつづける。技術者だからよく分かる。だからそんなに悲しむことはないよ。

最後に、高田馬場の国鉄アパートのその後について触れておこう。数年前、仕事で偶然近くを通ったときに寄ってみた。すでにそこにはアパートもブッシブもなくて、流行りの高層マンションの建設現場になっていた。でも、地図を見ると、少し奥に行ったところに、JR東日本の社宅がある。記憶が間違っているのか、移転したのか。「あれ? 実はここには住んでいなかったんじゃないか」と、ちょっと不安になってきた。

記憶を確かめるために、通学していた小学校に足を向けた。アパート(が建っていたと記憶していた場所)から、10分も経たずに着いてしまった。小学1年生の足では、とても遠くにあった気がしたのに。それに道幅もえらく狭い。何もかも記憶とは違うと思ったけど、通学のとき、いつも前を通っていた文房具屋は40年前と同じ場所にあった。なんだか、ほっとした。

次男・創

「父について」

父が国鉄で働いていたことは理解していたが、そもそも家庭に仕事を持ち帰らない人なので、その内容についてはほとんど分からなかった。というよりも、小さいころの父の記憶がない。門司の近くの山（？）で父が撮ったらしい兄と二人の写真があるので、たまには父親っぽいこともしたらしいが覚えていない。

中学生になり、家にはかろうじて鉄道関係の写真や雑誌があったから、国鉄の仕事で何か難しいことをやっているのかなと思う程度の認識だった。

私が中学生のころ、父の役職は「新幹線運行本部長」と聞いたことがある。当時はそれが何なのかまるで分かっていなかったが、新幹線は当時から話題の鉄道だったから、子ども心にもかなり花形の役職であると思っていた。にもかかわらず、息子３人、父の仕事の影響を受けてもよさそうなのに、誰も鉄道関係の仕事には就かず、おまけに鉄道を趣味とすることもなかった。自分にしても鉄道は嫌いではないし、むしろ興味を引かれるものではあるが、専門にすることまでは考えもしなかった。

恐らく同じ仕事をしても、父のように働くことなど並大抵のことではないと、うすうす思っていたのだ。父がどのような業績をあげていたのかについては、残念ながら自分には分からない。あれほど大きな組織の中で、専門がそれぞれに細分化されるわけだから、それぞれの詳しい事情は分からないことが多いだろう。父が関わってきた仕事は、輸送サービスを現場に届ける、刻一刻が勝負、家族でも気がつかないほどの緊張感であったのは確かだ。

「母について」

世間一般の古い母親のイメージで、教育ママというものがある。我が母というのも100％そうであるとは言い切れないが、かなり的を射た表現ではあるなと首肯するしかない。父は元より放任主義であるため、勢い母が子どもたちにやたらと介入したがるのはやむを得ないにせよ、中学生を過ぎるころには相当辟易していたように思う。

母はそれなりに教育熱心ではあったが、考えてみれば決して悪いことではなかったのかもしれない。

学生のころ、大学の友人たちと「将来自分が親になったとき、自分の子どもに自分と同じ教育を受けさせるのはかなり大変なことだ」という話題で盛り上がったことがある。それが3人とも大学あるいは大学院まで行かせてもらったのだから、父の収入以上に母の役割も大きかったのだろう。

兄弟3人がまだ学生のときに、両親も一緒に5人で2泊3日の旅行に出かけたことがある。「一緒に旅行できるのも今のうちだから」と計画を立てたのは母である。我々兄弟が乗る車が先導して、両親があとから続き高速道路を走った2日間、2台の車の間に他の車が入り込むことはなかった。母はそれがよほど気に入ったらしく、兄の運転技術をほめて「車線変更をするときに後続車のその後ろの車の状況までよく見ていて、お父さんの車が安心して車線変更できるようにしてくれた」と。

その後も旅行好きな母は、自分でプランを立てて強引に我々を誘った。新宿発の「特急あずさ」に乗りたくて、小淵沢まで行き小海線にも乗った。帰りの列車の中でも次の予定を話した。

それからあるとき、兄弟が家に集まり、母が鍋料理で皆をもてなしたときのこと。立ったり座ったり一人で台所からテーブルの間を動いていた母が重い鍋を持ってよろけ、私だけが気づいて急いで椅子から立ち上がり、母を支えて危うく火傷をせずに済んだ。母は自分の体がバランスを失ったのに、鍋だけは水平を保っていた。いつの間にか家にあった大きなテーブルがなくなっていた。弟が引っ越しするときに持って行かせたと聞いた。それ以来、宴会の機会が少しずつ減っている。

「兄弟について」

生まれてから就学までは、家での遊び相手はもっぱら兄だけであった。狭いアパートの中でボール遊びもしたから、賑やか以上にやかましかったであろう。階下の人に迷惑をかけるので母からはよく怒られた。

高田馬場にいるときに幼稚園に入った。父母会のときに先生が、

「真ん中の子どもは本当に辛いのです。大きくなってから死ぬほど辛かったといった人もいる。気をつけてあげてください」

といわれたそうだ。母はそんなことを聞いてショックを受けたらしい。

まさかそれほどではないが、兄弟で何か一緒にすることがあっても、出来のいい兄貴と傍若無人の弟に挟まれて前向きに生きるのが精いっぱいだったのは事実。おかげで一人でも遊べるレゴのおもちゃが好きで、大きくなってからもプラモデルを作るのが得意だった。

幼稚園の父母会はけっこう頻繁に開かれており、職員室に私の描いた絵が額縁に入れて飾ってあるのを母が見つけて、絵が上手、声が大きくて歌が上手、とうれしそうにほめてくれた。今のところ何の足しにもなっていないが。

母は夜寝るときに、兄弟３人の枕元で本を読んでくれた。弟は『長靴をはいた猫』の話など、

特に3番目が得をするのが好みらしい。そのたびに自分が主人公になって勇気百倍になったのだろう。

いつだったか、『だんご3兄弟』という歌がテレビで流行って、父が面白がってドーナツ盤のレコードを買ってきた。うちでも皆が集まるとそれを聴いたが、どこでも真ん中の子は、言いたい放題いわれて悲壮だと思う。弟思いの長男と、兄さん思いの三男のあとに、自分が一番だという次男の歌詞がタンゴのリズムで続く。

そんなわけで親には何も相談しないで事後承諾、マイペースでやってきた。

第９章　三兄弟が語る、国鉄マンの父とそれを支えた母——優・創・真の記

三男・真

子どものころの古い出来事で思い出すのは、引っ越し当日のちょっとした事件である。まだ4歳前であったので、あとになって詳しく話を聞いたのだが、新幹線の車両基地に近い国鉄宿舎が完成したので、博多のマンションからそこに引っ越すことになった。私は母の知人であるおばさんの家に預けられた。遊んでいるうちに気づくと夕方になっていた。ふと自分の家族が引っ越しする日であることを思い出して、慌てて家に帰ろうとするところをおばさんに引き留められた。

母は引っ越しで忙しいのだから、引き留められるのは当然である。しかし私にとっては一大事で、引っ越しする家族に置いていかれるのではないかと慌てて家に戻ろうとしたのだ。「大変だ、ぼく、おうちに帰らなくては」といったとかで、おばさんは母にそのことを面白そうに話してくれたそうだ。そのおばさんは兄たちの転校した学校のPTAで、私の母と同じ役員をした人だとあとになって分かった。家電メーカーの転勤族で、子ども3人とも、うちと同じ年齢構成の姉妹である。母とその人は今でも年賀状のやり取りをしている。その後数十年が経って、母親同士の企み（?）で、うちの兄弟3人とあちらの姉妹3人が同窓会をすることになった。銀座での当日、真ん中の次男・次女がドタキャンをして、双方の長子と末っ子4人だけのランチとなった。長兄がセッティングして知らせたのだが、すっぽかした次兄やあちらの姉さんは、周りの思惑を気にしない中間子で自由人だったのだ。

私は末っ子ということもあって、年上の中でいつも守られて生活してきたためか、家の中ではしたい放題の子どもだった。しかし幼稚園に通うようになると、家にいるときのように好き勝手な振る舞いはできないし、人見知りをするところもあって、とまどうことが多かった。まして朝方は家族皆、忙しそうにそれぞれの支度をしていて、私一人に充分かまってくれる者がいなくてよそよそしい。朝、起きて登園の準備をしていると急に不安になって泣き出してしまったのは、そんな理由である。幼稚園のころからこれだから、子育てでは母はずいぶんと苦労したようだ。

幼稚園は年長組になって転園し、父が門司鉄道管理局に移ったので門司の幼稚園に移った。当時テレビで放送していた「ウルトラマン」を好んで見ていた私は、変なところで正義感を発揮する。なれるものなら将来ウルトラマンになりたいと思っていたが、なれないことは子どもなりに分かっていたので、幼稚園で将来の夢を聞かれたときには、ウルトラマンの代わりにウルトラマンに似ていると感じた警察官と答えた。そのくせ正義感が自分本位なものであったので、兄たちもしょっちゅう私の「個人的」な正義感に振り回されたと思う。

父が本社に戻ってからは、その後引っ越しをしていない。私が7歳、小学2年生だった。私は父が国鉄に勤めていることを知っていたが、そのことを特に意識したのは、小学5年生のころ、国鉄が赤字であったことを同級生にからかわれたときくらいである（当時国鉄の赤字はさまざまなメディアに取り上げられていた）。それ以外で私が鉄道員の子どもであることを意識することは特になかった。父のことは丸の内に通勤する普通のサラリーマンと思っていた。幼稚園も小学校も1回ずつ転校して、どこが故郷かと問われても困るほどであるが、子どもにとって環境はそのまま受け入れるより仕方がないし、国鉄職員が特別珍しいこととも思っていない。しかし今考えてみると、子どものころに飛行機を利用した記憶はない。引っ越しのときに新幹線を使わずにわざわざ寝台車を利用したこともあったようだが、父親が子どもたちに残そうとした特別な思い出なのかもしれない。

千葉県の柏に引っ越して最初の夏休みに、次兄と上野の国立科学博物館へ行った。兄も東京の地理には慣れていない。小学2年生の弟を連れていくわけだから、責任を感じていつも以上に慎重にならざるを得ない。私のほうはいつも通り気ままなもので、いざとなれば頼れる年上が身近にいるのである。特に国立科学博物館で恐竜の化石を見て興奮冷めやらぬ私は、いつも以上に怖いもの知らずの言いたい放題であった。

父は仕事のことなど子どもに説明をするような人ではなかったから、普段何をしているのかは謎であった。ときおりではあるが、お土産を持って帰ってくることもあった。平日は一緒に遊べない人間がお土産というプレゼントを持って帰ってくるわけだから、まるでサンタクロースのようなものである。父も時間に余裕ができるころには、休日にドライブへ連れて行ってくれたり、ついでに喫茶店に連れて行ってくれたり、あるいは凧あげや釣りにつき合ってくれたりと何かとかまってくれる存在でもあった。子ども時代に思い出がまったくなかったわけではなく、たまには遊んでくれるので、私たち兄弟の間では人気者であった。

小学生時代の思い出としては、もう一つ父の職場へ行ったことが忘れられない。普段家にいるときの父とはまったく異なる姿を見せられて、私はいつもの調子が全然出なかった。家にいるときの父は緊張感がなくのんびりしていることが多いのだが、会社では周りの張りつめた空気も手伝って、父の雰囲気もいつもとは違って見えた。父の仕事場である個室からは東京駅が一望できた。普段は駅のホームから眺めている列車も、上から見ると設計図を見せられているようでいかにも厳めしく感じた。私は居場所が見つからなかった。しばらくして帰ることになって正直、ほっとした気持ちになった。父の職場にいた時間はそう長くはなかったはずである。父がしている仕事内容を理解したわけでもなかったが、その緊張感だけは、家にいるときとは違うことを充分感じさせてくれた。

家の面倒を一手に引き受けている母はさぞかし大変であったろうと思う。小さい私から見ると、家事をしている人間は退屈なものであった。おまけに躾というものまで加われば、子どもにとって厄介な存在でもある。喧嘩をした回数も、父よりも母とのほうが多かったはずである。母は子どもに対しては何かと期待の大きい人であったし、躾については「自分がやらなくては」という責任感も人一倍強かったのかもしれない。中高生になってからも依然頼らざるを得ない存在でありながら、反面うっとうしく厄介な存在でもあった。子どもが男子であれば、なおさら締めつけてくるものには反抗的であり、母親のありがたさを知るのは概して大人になってからである。

就職活動をするころになって、ＪＲの資料にも一応目を通した。鉄道は人の命を預かる仕事で、私は父のようにはなれないと思っていたから他の企業を選んだ。両親はなんともいわなかった。

第10章

国鉄マンが語る、あのころの仕事と家庭と

——妻の手記に寄せて

私は、昭和36（1961）年4月、国鉄に入社した。長い2年間の教育期間を経て、本社運転局列車課の「速度定数」という部署に配属となった。運転とは、大まかにいえば、輸送と安全を担当する部門である。退職まで入社時に決められた系統内の部署を、異動することになる。国鉄の仕事は多岐にわたるので、分割して管理する必要があったと思われる。

「速度定数」は、列車ダイヤに必要な駅間の運転時分を、動力車の性能図表を使って算出することを主な仕事にしているテーブルである。列車ダイヤは、この運転時分を図上に刻むことによって描かれる。3カ月後、鉄道技術研究所（現・鉄道総合技術研究所）、自動制御研究室に転勤となった。

この研究室は、後にシステム研究室と名前を変えた。優秀な人材が多く、座席予約システムや貨物操車場の自動化などに取り組んでいた。国内でも、コンピューター利用の最先端を行っていたと聞かされた。

研究室では、コンピューターの中で列車を走らせ、駅間の運転時分を計算するシステムを作るグループに入った。当時としては上級の外国製大型コンピューターを使用していたが、今では考えられないほど性能は低かった。

この研究所時代に結婚した。毎日の私の弁当は、研究室では注目の的で、皆に冷やかされた。

以来、共に暮らしてきて思うことは、彼女は頑張り屋さんということ。何事にも一生懸命である。私は、その頑張りをいいことに、家のことは彼女にお任せなところがあった。やや独断専行のきらいはあるが、たいがいのことは自分で決めてやる。少々面倒な手続きを伴うようなこともやってしまう。自分には手にあまるようなことは、それとなく協力をいってくるが、いつまでも放置すると、しびれを切らして、自らやってしまうこともある。後年、庭木の枝が伸び、彼女から剪定の催促があったが、日を延ばしに延ばしていたら、いつの間にか、自ら木に登って枝を切ってしまった。近所で話題になり、私の評判を落とした。

研究所勤務のその後は、四国の高松機関区に転勤となった。

高松機関区は、大きな動力車区であった。記憶をたどれば、機関士約２００名を含め約８００名の職員が働いていた。機関区は、機関車などを検査、修繕、整備して、機関士とともに本線に送り出している現場である。無煙化の進んでいた四国ではあったが、ＳＬもまだ活躍していた。

私は、30歳前だった。自分の置かれている立場と実力をわきまえて行動しようと思った。ベテランの助役たちに助けられ、日常の仕事はこともなく進んでいった。従来から、入社5、6年後に現場長に出される。これが運転系統の長年の育成システムであった。

春闘の時期になって、機関区がストライキの拠点となった。スト中は騒然となったが、終わると組合もきれいに清掃し、整然と終了した。

現場の管理者、職員には子どものお祝いをしてもらうなど、公私にわたって世話になった。まだ、このような時代であった。宿舎は高松駅構内の脇にあり、入れ替えのDLやSLの音が夜でもすさまじく、生後すぐの子どもの環境には、よいところではなかった。1年間の勤務で、本社コンピューター部に転勤となった。


コンピューター部は、前身を事務管理統計部といい、膨大なデータを加工、集計、整理していた。外国製の大型コンピューターによって、主に輸送人員、輸送トン数など、線区別、期間別などに整理、発表していた。これらのデータは、国鉄のみならず、国内の経済活動を表すデータの一つとして活用されていた。他にも鉄道特有の人キロ、トンキロ、列車キロ、車両キロなどの単位のデータもある。

赴任当時、統計データの処理に加え、コンピューターを利用した業務のシステム開発もこの部の業務範囲に加わった。部名が変わったゆえんである。多くの部署で、業務のシステム化が盛んに行われていた。

私は、貨車の換算車両キロの集計、計算システムに取りかかり、開発した。磁気マークカードを利用して、入力のしやすさと労力の軽減、ミス防止を目指した。

その後、運転業務の大きなプロジェクトに参画した。国鉄では、現場への業務指示は、局報という文書に依っていた。例えば、時刻変更の記事が載ると、動力車乗務員の現場は、この記事が自区の担当する列車かチェックする。該当すれば、その列車を担当する乗務員が持つ携帯時刻表に、その内容を記載し、担当乗務員に伝える。運転時刻に関する変更事項は多岐に及び、また、数も多い。これらが正しく処理されないと、輸送混乱を起こし、事故にもつながる。事実、達示処理ミスが多発していた。この対策として、現場の作業をコンピューターに行わせようとした。

一部地域で試行したが、処理の多さと当時のコンピューターの処理能力の不足で中断することになった。

この時期は、直接現場を持たないセクションであるため、比較的ゆっくりと仕事ができた。長男も入学前のかわいい盛りで、休みには近所の公園などに連れ出して遊んだ。この時期に次男が生まれ、妻は育児に追われていたが、手助けができていたかは心もとない。その後、門司鉄道管理局の列車課に転勤となった。

列車課の1日の仕事は、始業と同時に前日の輸送状況の指令報告で始まる。指令が使う整理ダイヤは、混乱が大きければ、赤鉛筆で列車の遅延時刻を記入するので、真っ赤なときもある。この整理ダイヤは大切な記録であり、長期間保存される。列車指令は、列車が時刻表通りに走れないとき、臨機応変に判断し、影響が極力全体に広がらないように整理するのである。起こる事象は千差万別で、経験がものをいう仕事である。課員になると、まず、この指令業務から始める。この経験は、後に、列車ダイヤ作成を担当するときに生かされる。以上のように、列車課の仕事は、主に輸送の計画と実施ということになる。

時刻改正は、大幅なものから小規模のものまで、さまざまである。新幹線開業などがあると、新幹線に接続する足の長い在来線の特急、急行列車群が改めて引かれ、併せて貨物列車群も引かれていく。その後、ローカル列車が入っていく。このような全国的な時刻改正は数年に一度だが、準備は時刻改正の数年前に始まる。列車ダイヤという形で全国の鉄道網が出来上がり、最終的には、時刻表となって、外に出ていく。足の長い特急列車や貨物列車は、いくつもの管理局を渡っていく。また、当然のことながら、列車が走るためには、動力車乗務員、車掌、車両が必要である。

しかも、これらは別々に効率よく運用されて、一本の列車が走る。そのために多くの調整が行われる。一つの矛盾も許されないことを想像したら、時刻改正の作業の大変さを理解してもらえるだろう。それぞれが相互に関係するため、一堂に会して調整が必要で、輸送計画の担当者は頻繁に出張を重ねる。出張から帰ってすぐ出かけることも多い。全国ネットになるため、集まる人数も多く、温泉旅館を使うことも多々あった。コピー機を持ち込み、鉄道電話も仮設してあった。

当時は、輸送力増強、設備近代化など、時刻改正を伴う施策が次から次と行われた。そのための会議も頻繁に行われ、仕事に追われる状況であった。

日常の輸送管理も大切で、いったん事故や輸送障害が起きると、夜中、休日でも連絡が入れば飛び出していかなければならなかった。勤務時間外でも常に連絡がつくように、所在を明らかにしておかなければならない。そんな中でも、1年に2回、特に体制を敷いて警戒をする時期がある。お盆と年末年始である。

妻がお盆に近郊のキャンプを計画した。自分だけ仕事を理由に行かないことも考えたが、せっかくの計画を潰すことは、考えなかった。現地で、何回も公衆電話のところに出かけ、指令に電話した。どうも気分が収まらず、妻や子どもたちに不愉快な思いをさせたと後悔している。この手のめごとが、長い間にはたびたびあった。一言でいえば、コミュニケーションの不足である。私は、仕事のことはあまり妻に話したことがない。年齢を重ねるうちに、休日は、家でゴロゴロしていたいと思うことも多くなってきた。それと、職場での悩みを妻に相談するなど、考えたこともない。

一方、妻は、いわゆる「しっかり者」で、何でも必要と思うことはやってしまうタイプ。本来、私がやらなければならないことも、やってもらうことが多かった。感謝しつつ、便乗させてもらった。このキャンプ事件も、私が企画してやらなければならないことではあった。1年半後、本社運転局計画課に転勤になった。


国鉄在職中、何回か転勤したが、引っ越しでは妻が一番苦労する。発令を受けた本人は、後任との引き継ぎを済ませ、新任地に向かい、引き継ぎを受ける。運転の仕事の性格上、あまり間を空けるわけにはいかない。引っ越しの当日は、大勢の手を借りるが、事前の小物の荷造りは、妻任せにしていた。

運転の仕事は、車両、施設、電気部門のように工事は持たない。工事が輸送に関係するものだと、列車を運転する立場からその有用性、効果の判断を求められる。運転に関わる設備の仕事を担当した。国鉄は依然として、輸送力改善、合理化投資など、関係する工事は山積していた。

この時期、パラグアイの海外出張を命ぜられた。国鉄では、海外出張は行われていたが、海外鉄道事情調査が普通で、数週間の旅行が多い。私のケースは、海外技術協力事業団（現・JICA）からの依頼で、パラグアイの鉄道電化のフィジビリティ調査である。約1カ月と長かった。余剰の水力発電電力を鉄道電化に活用する可能性の調査である。帰国後、技術的検討の上、投資額を推定して報告がされた。

国鉄の仕事を通じ、国労、動労のストライキは、在職中はついて回った。私は、高松機関区時代が最初の経験である。だんだん過激さを増し、本社運転局勤務時代にあった、いわゆるスト権ストは、その後の組合運動を左右するほどのストであった。8日間ほぼ国鉄の全線が止まった。このとき、宿舎のある高田馬場と丸の内の間を歩いて通った。

昭和51（1976）年春、博多総合車両部へ転勤となった。新幹線博多開業の1年後である。ここは、運転区所と鉄道工場が一つになった、初めての組織である。開業して1年しか経っていないので、作業の不慣れ、設備の初期故障などによる作業の遅れが心配されていた。同時に、傷害事故も危惧された。扱う車両部品は、重量物が多い。

この時代に忘れられないことが起きた。それは、大渇水である。前年から水不足で、その年の梅雨の降雨量も充分でなく、完全に解消するには翌年までかかった。新幹線は水タンクを抱え、車内の給水を行っているが、基地や駅での給水は他の駅で臨時に行った。基地内には、油まみれになる職員のため大浴場があったが、水の確保に苦労した。昭和54（1979）年春、門司鉄道管理局運転部に転勤となった。

以前、勤務したことがあるため、スムーズに仕事に入ることができた。相変わらず、運転の仕事は忙しく、列車だけでなく動力車乗務員、検修要員、車両、さらに保安課という安全関係の部署もあって、息が抜けない。

家族サービスは、もともと不得手な上、時間もそれこそない。年末は、現場回りで紅白歌合戦を見たことがなかった。

この時期に家新築の話が持ち上がった。私もいずれはと漠然と考えていたが、キッカケを作ってくれたのは妻である。何事にも積極的で、場合によっては、事後承諾させられることが多いが、これればかりは早めに計画を実行できて感謝している。転勤族は子どもの教育を考えておかないと、「本人、妻、子どもが一家離散状態になる」と、先輩から聞いていた。特に、子どもが高校に入り、親が転勤になると、子どもはそこに残るか高校を転校するかになる。どちらをとるにしても、あまりよいことではない。父親がいつ、どこに転勤になるか分からない。転勤族は、子どもの高校入学をどこにするかを考えておかなければならない。長男は、ここで中学校に入学した。あらかじめ手当てをしてあった土地に、昭和56（1981）年春、家を建てた。初めて我が家に入ったとき、家が持てたことに感慨を覚えたことを思い出した。家の新築に前後して、本社運転局に転勤になり、新しい家から通勤することとなった。

本社勤務の後、新幹線総局運転車両部に転勤となった。東海道・山陽新幹線の列車、車両を管理、運営する部署である。国鉄の看板列車を動かしているので、少しのトラブルも気を抜けない。当時、架線がよく切れた。架線が切れると、ほぼ半日は止まることを覚悟しなければならなかった。この間、営業部門は、乗客の誘導やら駅の案内に大わらわとなる。一方、運転部門は、復旧時刻を決め、運転再開の準備にかかる。列車は運転士、車掌、車両の運用がおのおの別々に動いているため、調整が難しく平常状態に戻すことに時間がかかった。

当時は物騒な時代でもあり、鉄道の制御中枢であるコントロールセンターの見学を断るなど、極力人目につかぬようにしている。こんな中、職場に三男が突然現れた。表示パネルなど子どもの喜びそうな装置もあるが、一般の見学をお断りしている中、まして自分の息子に見せるわけにはいかず、早々に帰してしまった。可哀想なことをした。

輸送計画の推進、管理を行う本社運転局列車課勤務となった。国鉄の経営も苦しく、時刻改正の中に、貨物列車、ローカル列車削減などの合理化施策が多く入っていて、調整に苦労した。国会の委員会に呼ばれ、駅での傷害事故やそのほか列車接続の対応などについての質問に答えたことがあった。分割民営化の作業が行われていた。国鉄再建監理委員会に呼ばれ、分割による輸送管理上の問題点について意見を聞かれた。経営改善に活躍していた入社同期生が、私の机の前に突然現れ、今度北海道に行くことになったと挨拶に来たのもこのころである。社会的な不安を起こす事件が、多発していた。過激派による浅草橋駅焼き打ちがあった。日航機の事故もこのころである。輸送の安全を仕事としている者にとって、他人事とは思えない気持ちでテレビに見入っていた。

東北・上越新幹線運行本部に転勤となった。JR移行、1年前である。当時、余剰人員対策として、部外転出を職員に慫慂《しょうよう》していた。

運行管理が主体の組織である。ここで思い出すのは、冬場、風の強い箇所が何カ所かあって、風速計のアラームが頻発する。そのつど列車に徐行を指示する。アラームが頻発したり、長引くと、輸送計画を変えなければならない事態になり、苦労した。

この時期に、ＪＲへの移行を迎える。この日までには、多くの仲間が国鉄を去って行った。いずれ私にも、退職の話があるだろうと思っていた。ある日、突然ＪＲ東日本採用の通知を受けた。現職のまま、国鉄からＪＲ東日本に変わった。何か後ろめたさを感じ、複雑な気持ちであった。

しばらく、新会社発足のセレモニーが続いた。やがて新会社にも慣れ、落ち着いてきたころの気分は晴れ晴れとしたものであった。公社として多くの制約を受けていたが、それらから解き放たれた解放感があった。責任を伴うが、思い切り仕事がやれるという気持ちである。会社全体にこの気分が広がっていた。社員の自主的な駅のトイレ掃除があちこちで始まった。

ＪＲ東日本の本社に入り、安全の仕事をすることになった。東中野駅列車追突事故を受け、安全研究所を作ることになり、それを任せられた。新しく組織を作り発足することは、大変なことであった。国鉄時代の安全に関するデータの蓄積があるので、その中から主要なテーマを掲げ、メンバーを集め、また、部外の識者による委員会も発足させた。

安全研究所もなんとか軌道に乗ったころ、ＪＲを退任した。これで、国鉄からＪＲへの29年の長い旅を終えた。

あとがき

『寝ても覚めても国鉄マン』の基になった『自動制御な家族の旅』を自費出版してから10年が過ぎました。段ボール箱の奥底に封印してあった本を読み返してみると、転勤生活を繰り返していたころはなんと元気があったことだろうと、今さらながら思います。

子どもを育てる立場にいた私は、国鉄という巨大な組織の一員である夫とはまったく違う家庭内の出来事に右往左往していたわけで、お互いに何も知らずに始まった家庭生活は、今年で50年目を迎えます。振り返ってみると、若いということはどんな変化にも対応できる柔軟性を持っていて、生活はすでに現実のものとして前進するしかない状況にあったということでしょう。このたび新書版に加えられた夫の第10章を読み、その仕事の厳しさを再認識し、我が家の経済的基盤を支えてくれたことを感謝しています。

私ども夫婦はときに喧嘩もしたけれど、私自身は自分に正直に生きてこられて、自由があった、これは夫が寛容であったからだと思わずにはいられません。それと同時に、自由と表裏一体にある孤独も引き受けなければなりませんでしたが、私のようなタイプの人間は、文章を書いたり絵を描いたりすることが苦にならずに、一人で遊ぶことができるのかもしれません。ともあれ、育った環境が違い、男性と女性ほどに違う（！）二人が一緒に暮らし続けるのですから、長い間にはいろいろなことがありました。今はお互いに「これからもよろしくね」といえるようになりました。

10年前に本をお読み下さった（夫の同僚である）中島啓雄様が、国鉄職員の妻の苦労話をからめた記録として、広く読める形で残しておいたらどうだろうかと強く薦めてくださいました。御配慮を賜りましたことで、このたび新書を出版することができました。厚くお礼を申し上げます。

本の構成について記しておきたい事項ですが、物語の登場人物は皆、仮名になっています。また最近、「コンピュータ」と発音している言葉は、国鉄時代の部署が「コンピューター」と表記されていたので、当時のままにしました。最初の本では、子どもの視点から見た両親家族の出来事として書きましたが、紛らわしいので人称を改め、「父さん」「母さん」から「浩介（父親）」「多恵（母親）」としました。編集の渡辺朝枝様のお力ですっきりした文章になりました。挿絵についてもご配慮をいただき、大変にお世話になり、深く感謝しております。出版の機会を与えてくださった交通新聞社の江頭様、伊藤様、鳥澤様に厚くお礼を申し上げます。

本を書いていて思うことは、国鉄時代の多くの方々にお世話になって、今があるということです。感謝の気持ちをきちんと伝えなければならなかった方に、遅くなりましたが、ありがとうございましたとお礼を申し上げます。

洋ナシとブドウ（多恵）

参考資料

『日本国有鉄道百年史　年表』（交通協力会）
『国鉄の現状　１９８０』（日本国有鉄道）
『写真とイラストでみる新幹線――その20年の軌跡――』（新幹線総局）
『国鉄情報システム20年のあゆみ』（交通協力会）
『動力車運動史』（国鉄動力車労働組合）
『なせばなる民営化ＪＲ東日本――自主自立の経営15年の軌跡――』松田昌士（生産性出版）

石井妙子（いしいたえこ）
昭和18（1943）年、東京生まれ。証券会社勤務時代に、国鉄職員である石井康祐（後のJR東日本発足時取締役）と結婚。3人の男児を産み育てながら、国鉄職員である夫を支える。60代半ばに差しかかり、国鉄職員とその家族がどのように働き、暮らしたのかについて「本を書いておこう」と思い立ち、本書を執筆。平成18（2006）年12月、『国鉄発・JR行き 自動制御な家族の旅』のタイトルで、岩波出版サービスセンターより自費出版。夫とともに千葉県柏市在住。

交通新聞社新書093
寝ても覚めても国鉄マン
妻が語る、夫と転勤家族の20年
（定価はカバーに表示してあります）

2016年4月15日　第1刷発行

著　者――石井妙子
発行人――江頭　誠
発行所――株式会社　交通新聞社
http://www.kotsu.co.jp/
〒101-0062　東京都千代田区神田駿河台2-3-11
NBF御茶ノ水ビル
電話　東京（03）6831-6560（編集部）
東京（03）6831-6622（販売部）

印刷・製本―大日本印刷株式会社

ISBN978-4-330-66716-4